泥花散帖

冯杰 / 著

天津出版传媒集团
百花文艺出版社

图书在版编目（CIP）数据

泥花散帖 / 冯杰著. -- 天津：百花文艺出版社，
2016.1
ISBN 978-7-5306-6918-1（2017.4 重印）

Ⅰ. ①泥… Ⅱ. ①冯… Ⅲ. ①散文集-中国-当代
Ⅳ. ①I267

中国版本图书馆 CIP 数据核字(2015)第 302969 号

选题策划：叶立钊　　**装帧设计**：郭亚红
责任编辑：叶立钊　刘　勇

出版人：李勃洋
出版发行：百花文艺出版社
地址：天津市和平区西康路 35 号　**邮编**：300051
电话传真：+86-22-23332651（发行部）
+86-22-23332656（总编室）
+86-22-23332478（邮购部）
主页：http://www.baihuawenyi.com
印刷：唐山新苑印刷有限公司
开本：787×1092 毫米　1/32
字数：95 千字　**图数**：44 幅　**插页**：2 页
印张：6.5
版次：2016 年1 月第1 版
印次：2017 年4 月第2 次印刷
定价：39.00 元

草木之心和民间诗卷里的冯杰(序)

刘海燕

冯杰的文字简洁得罕见，他把世间的事都消化尽了,他懂得好文字似生活之海析出的盐,几十年前梁实秋先生的一句话，就像是说给冯杰的,“伟大的文学家，不在乎能写多少，而在乎能把多少不写出来”。这文字之下浩然沉默的生活,支撑着文字的品质。这个懂得深度提炼的作家,他的文字不是面向众人的，而是面向一个消逝的时代——此世再也找不到的那些至爱的人，他们带走的那份冒着热气的生活……这文字,更是心语、“烟云”,说给无听众的虚空;是从此世传向天堂,传向不可追回之一切的最孤寂的心意。

它表达的是冯杰一个人的，也是我们所有人的失乐园。

作者不在作家身份中写作，他在生命最深的情感中写作，他文字的起源本真而高贵。这种向心的、面壁的、祈祷般的文字，你遇到了，心就会有些疼。

在冯杰的文字里，你看不出中国当代文学的影响，也看不出西方现代文学的影响，他仿佛来自另一个时代，来自他星汉灿烂的北中原，他和亲人、草木、土地、汉语诗卷，相依相惜，构成的自己的世界。他的文字里，流淌着汉文化感应自然的基因和汉语的灵性美质，透出绿色文明的光。这种文心，这种光，在同时代及其后的作家身上都被诸如意识形态、实用理性、网络化等所破坏。冯杰文字的近邻，是现代文学中废名、沈从文、梁实秋、周作人那一系，即便是谈学问，也要于人生的私情中谈出温凉来。我想这也是冯杰的作品在台湾地区等华语世界持续备受喜爱的原因之一。

我极少看到像冯杰这样，在自己完整的世界里写作，这种掠过喧嚣的定性、孤立，使冯杰这个作家的写作成为唯一，成为真正的创造。

如大江河总源于高山之巅，冯杰的这些文字，精神源头源于几近消逝的乡土美学，现代人难以感知的草木之心和诡秘美幻的民间诗卷。

乡土美学就在少年冯杰每一天的生活里。它是姥姥做“菜蟒”时，为计时而点的一枝白麻秆，“四十年过去，白麻秆一如点燃的月光”；是姥姥说的一句哲学家永远说不出来的乡下话：“辣椒是穷人的馋啊”；是姥爷在冬天的萝卜窖上插的一束高粱秆，姥爷怕萝卜闷烂让它透气，那高粱秆“像是萝卜窖上耸立的耳朵，萝卜地下寂寞，它在听天上过往的风声”；是母亲时常制作如今已成“绝面”的N种面食，散发出的对日子的精心和手工的温暖……

这些亲人都是乡村生活的智者，他们懂得万物的语言，明了万物都得呼吸；懂得甚至土坯都可以温暖匮乏的生活，懂得在土地上、在生活的每一处细节，留下手温，留下爱……他们给了冯杰中国课堂上四十年前和如今都不可能有的开阔无垠的启蒙教育。

北中原的每一棵草木，都和少年冯杰相遇过、会意过，他们熟悉彼此的来路。如冯杰写“楮桃”，“我小时候打柴，经常从它身边穿过，它就那么呆呆地站着，长得像个一头乱发的乡下孩子。真看不出来，这小子长大还能造宣纸”。多年后，这了不起的中国树，变为如故乡初雪般的宣纸，成为作家、画家冯杰每天的陪伴。冯杰懂得珍重，他从岁月的冰河里打捞起草木之心，打捞起能为现代人焦虑的心布绿的物种，移植到这树的心上，宣纸上，被朋友们挂在最宜观望的墙壁上。

北中原的每一棵草木都是有心的，“母亲去世那一年，那一棵金银花树竟也悄然枯死了”。它们柔得让人恍惚，“北中原的蒲大多在水中不约而至，是一种比夏夜月光都要韧软的乡间之草”。每一种都有自己独有的物语，每到初春，最平淡的“杏花的密度能把整个村庄淹埋，连尖锐的鸡鸣之声也只能从花缝里仄仄地冒出来”。

这北中原的草木，可不只长在冯杰的少年时代，还代代不息地长在自《诗经》“国风”以来的民间诗卷里。冯杰说，它们不少还是草中的诗人，如车前草，都经典得蔓延到了《诗经》的封面上。冯杰能在《二十四诗品》里，随手抽出一种花草风格的文学语言；在唐诗里，随手抽出大诗人们的那根色泽各异的菖蒲；在中国神话的浪漫里，拈出乡土性，拈出和帕斯卡尔的芦苇不一样的那棵坚韧的芦苇。当然，冯杰最引为骄傲的还是中国文学的基础性文本“诗三百”里，有近百首长于他的北中原，卫风、鄘风、邶风都从他故乡的大地上吹起。也许今日，北中原的草木之灵会在风中叹息：“冯杰才是草中的诗人！”

冯杰写的这些草木，根扎得如此之深，扎到了汉诗的源头，扎到了汉文化的古风古韵里。

这文字的形容和跻身于喧嚣时代名利场的文字怎会一样？

世上的道就这样通着，当冯杰的文字，带着时代的落差，草木之心，有“手工温暖”标识的生活，汉诗的美质……来到我们面前时，既激活了传统，又天然地现代，处处见新——对于世俗现实过剩的当代文学，这天道人事里的清好更是文学的境界；对于雾霾罩大地、GDP为度量衡的当代社会，重估自然之物的尊严及绿色生活的价值，更是现代文明应有的态度。写着写着，我也恍若草木，跌入这微言大义的“泥花散帖”里……

二〇一四年六至七月，北戴河至郑州

想當年氣吞萬里如虎
看今日尚被飯否
擬家軒詞意也 今非昔比耳
辛卯陽春客鄭時戲記 馮傑

目录

惹草

啖 瓜

采 蔬

解馋

拈 花

惹草

牛舌头

吐出来，让大家长长见识。

但这恰恰是植物名，不是牛嘴里的那一副“五香口条”。姥爷说过，“开封的酱牛肉天下第一”。

《诗经》里的歌谣有“采采芣苢，薄言采之”，说的就是我们乡下的一棵棵牛舌头，那是车前草呀！

想一想，能经典得蔓延上《诗经》封面的草确实不多，大多不够资格。车前草算一位，我为故乡这全身充满乡土气质的草自豪。车前子可是草中的诗人。

我一直生活在北中原，三百篇《诗经》里，有近百首都长在这片土地上。卫风、鄘风、邶风都从我的故乡大地缓缓吹起。风吹草低。车前草低，诗句高。

我常常恍惚碰到“诗经年代”的那一位采诗人，他穿着一袭麻布衣，柳絮如雪，执着一方木铎，踱着

對故鄉的定義
故鄉的范围与定義
說起來很大，其實很小，小到一朵簡單
的干草、一朵捆扎一起的野花，更多
時，故鄉的風，故鄉的雲會寂寞不語，
但說不定什麼時候，那些意象就
忽然向你湧來。
甲申初秋
秋風蕭蕭之時於聽
荷草堂又
記文字
馮傑

缀满露水的车前草，正从我家门前匆匆走过……

淌落的露水敲打着乡土，声音是那么大。

咖啡松

我对茶情有独钟，深感里面中国韵味的成分多；对咖啡一直不敢高攀，觉得那是马克思和巴尔扎克们喝的，只有执鹅管笔，一边写《资本论》和《人间喜剧》，才算相得益彰。自己又没有留那一把好胡子，更不配去喝。

后来想想，这是小农思想作怪，可能主要原因是太贵，一瓶乌黑细末要上百元，足够我买一刀宣纸，两袋面粉。

话说有一瓶雀巢咖啡，猴年马月的，忘记喝了。时间一长，过期凝固。

那天，我画松树。在四尺条屏上，松叶、松干都出来了，着色时，正为找不到赭石颜料而犯难，就想笔下改变一下松树的品种。

这时看到画案下那瓶失宠的咖啡，忙倒水搅拌，

無風止樹
丁亥年初栽樹一棵也
馮傑

用笔一一染在松干之上。咖啡浸透得自然,松干竟出现另外一种效果,觉得比用赭石颜料还有质感。一连画了几张条幅松轴,落款还抄了一首宋僧诗:

古松古松生古道,枝不生叶皮生草。
行人不见树栽时,树见行人几回老。

那是一棵松在质问无边的中国时间。恰恰这时,远在美国的一位姓黄的太太让我画一张画。我随手给了她这幅画,并在信中提到用失效的咖啡画松一事。

用咖啡可以画松树,自认为这是我的发明。我在考虑,是否申报一个专利,因为在丈二匹的宣纸上生长有一种松,叫咖啡松。

半月之后,忽然收到自太平洋彼岸寄来的一个包裹,我取出后小心翼翼地打开。

黄太太信上称:知道你画画,这半瓶过期的咖啡没扔,就给你寄去了。

我一时不知是喝还是画。

荆芥文稿

一小袋荆芥籽是在北中原的乡村集市上所置，刚打开小口，就透出一丝雨中的苦气。

母亲告诉我，荆芥有两套耕播方法：

一、可以在南窗下那片我自以为是的“广袤无垠的大地”上（其实就巴掌大）种植，以初春为适。

二、种在青瓷大花盆里，置于向阳处，四季可撒籽。天一发凉就得移到屋里，免得荆芥感冒。

乡村还有个说法，撒荆芥籽时不宜过高，以免将籽跌死。

长高时掐叶或剪叶，凉拌、清炒均可，以生吃最鲜。还能拌上面油炸，之后再上锅清蒸，一点不亚于旧社会说的“小碗蒸肉”。我母亲现在还用此法来笼络人心，使得家中一群小孩子吃得团团转，吃完了这顿还想下顿。

我走过许多地方，尝过无数小吃，发现吃荆芥以北中原乡下为最，别的地方不大吃，因为荆芥吃起来满口奇异的怪味，像张岱这类人的文章。

忽然想到，像芫荽、荆芥、苏叶、薄荷这些异类草木，气质异样，特立独行，在草木之伍里那么不合群，都可划入明末遗老的范围。

小镇桂皮

桂皮就是肉桂之皮，属于樟科，生长在遥远的南方。它们以揭肤之痛，来到北中原的小镇集市上凑热闹。

在一个摆摊售香料的老头子前面，摆满八角茴香、花椒、豆蔻、良姜、陈皮。他统一叫“十三香大料”。我们以后就简称他为“十三香老头”。后来省略主语，用借代，简称“十三香”。春节前集市上香料卖得最快，看到母亲用一个纱布袋子装着，煮肉时当大料。过后舍不得扔，就挂起来，来年再用。

一天，一个抄过我作业的同学叫我，给我一小片东西，神秘地说：“嚼嚼。”

以后，桂皮就放在嘴里用于上课时提神，不知道专业名字，大家就统一叫“麻辣”。孟岗小学开始流行一种“麻辣”。每天兜子里我都装一块，上课也可以悄悄嚼，连女生都舍不得给。

“麻辣”就是北中原小镇上的一块南方的桂皮，属于补童贞的小补丁。

嚼完后，大家开始围在乡村集市上“十三香”的摊子前，即使老头子看得再严，“十三香”肯定会漏掉一味，必有一位同学得手，偷一块桂皮大家平分。

一个乡村小学期我都在桂皮的气息里度过。世上好的调味品必须首先会调戏。教室里弥漫着南方肉桂的气息。安神，麻辣，气味上升，成绩下降。

通过嚼尝，我知道好的桂皮性状应该是这样：

双卷筒状或单筒状，外表灰棕色，稍粗糙，内表面红棕色，平坦，用指甲划一下油痕明显，质硬而脆，易折断，断面红棕色，油润，气香浓烈。重要的是在舌尖的感觉，必须入口味甜。

我的结论是，优秀的肉桂就像男老师喜欢的前排女生。

后来经验逐渐丰富，让我们偷选的好桂皮一片片肉厚，体重，油性大，香气浓，嚼之渣少。品质优秀。后一词是套用学校毕业鉴定书上的。

人的交往也靠气味结缘，喜欢一个人其实就是喜欢对方的气味。臭（读嗅）味相投说的就是气味感应，三十里以外你会有感觉，更相投的就在百里之外，由长垣能到达长春，从现代能到达晋代。气息和味道最后会影响学习，有桂皮味的学生成绩大都差。不用鉴别，班里后三名的学生肯定都有南方桂皮的气味。

我媳妇是中医师，过去下班经常一身的职业草药味。多年之后，她说，你们吃的不全是桂皮，是一种假的，叫阴香。这让我为自己当年的判断力稍感遗憾。

少年时代，因为有假知识、假主义，自然也有假草药。我们肯定也吃过杜仲、厚朴、海桐皮之类，它们都是皮状，在“十三香”那一方迷惑人的摊子上，它们的外表都像肉桂的近亲。

离宣纸最近的楮

对于舞墨者言，宣纸是一片线条驰骋的疆地。中国文化因为宣纸的出现，才显得更加丰富多彩。造宣纸的主要原料是一种叫楮的树皮。宋人周密《澄怀录》中，有“宣州僧欲写《华严经》，先以沉香种楮树，取以造纸”。

后来有人说，那是一种误识，是用青檀造纸。可我感情上觉得还应该是楮。

这种树学名叫“构”“榖”。我们北中原乡下把这种树叫“楮桃”，在田野、村边、路旁都能见到。我小时候打柴，经常从它身边穿过，它就那么呆呆地站着，长得像个一头乱发的乡下孩子。真看不出来，这小子长大还能造宣纸。

每年三月份，楮长出的花穗叫“构絮”，可以拌上面蒸着吃，我母亲就会做这种民间蒸菜。蒸熟时有一种豆角味，如果不说名字，单凭鼻子去猜，谁也不会猜出这是楮桃花穗的翻版。

再说果实。楮桃的果实是红色的，有着厚厚的柔毛，像不老实的小雀蛋在叶子下面卧着，还有点近似荔枝，但比荔枝红得鲜艳，除了馋嘴的鸟偶尔尝试一下，染满一嘴口红外，人很少食。熟时静静落地，像不小心洒下的颜料，我曾梦到过它在月光里滴落的声音。

我记得每到八、九月份，我姥姥家院墙后面的沙岗野地楮桃丛里，一夜之间，像是商量好的，都挂满了这种袖珍版的小灯笼。果实红得现在想起来充满着怀念与忧伤。

我少年时代，打柴草时从没有伤害过那种树。

我十八岁以后才接触到宣纸。之后，便对那雪白的宣纸情有独钟。面对宣纸，像故乡春天的第一场雪，一夜摊满在案头，风一来，有一种“卷雪”的感觉。

终于有一天，一位来自雪国的人用宣纸开始给我写信，纸上有雪。我便觉得写信的人也有着古典情怀。

楮是能造宣纸的，是造雪的树。那是离宣纸最近的树，是一种了不起的中国树。

乳名叫楮的树，离我的童年也最近，它像一位当我背着沉重的箩筐打草归来时能扶一把的小伙伴。楮树的小手皮肤温润，在冬天薄薄的暮晚，正冒出热气。

让芦苇去抒尽了情

一个人变小可以缩在芦苇管里尽情读书，蜷足，舒肢，过日子，不管外面风声。如是我想。

开始与芦苇有关了。

我在几个乡村上过学，都是降级、复习之类闹的，故“讲资”不大，就是同学多了几个。其中有一个叫苇园的乡村学校，那年夏天，天空的面庞模糊不清，父亲旧自行车后载一袋面粉，送我来上学。学校周围满是水塘，芦苇高过成绩。后来又转到黄河大堤下面的一个堰南学校上学，周围仍是芦苇。芦芽是红的，蔓延到校园的钟声之上，钟声就是红的；蛙声是绿的，压过了教室里的读书声，读书声就是绿的。

上学的日子就像是缩在一管芦苇里学习。芦苇一直是个象征符号。空间逼仄。芦苇的腹语。至今也未出来。

童年看过一个与芦苇有关的戏，叫《沙家浜》，苇中藏兵。读《诗经》时我一个人给植物排名次，认为《诗经》里最有名的植物有两种：除了荇菜，其次就是芦苇。荇菜与刚开始的爱情有关，芦苇与后来的相思有关。前者是“参差荇菜，左右流之”，下面就开始闹心、失眠；后者是“蒹葭苍苍，白露为霜”，想人，想对岸的伊人。一枝芦苇能排成一行四字古诗，在“诗经年代”也算出尽了风头。芦花为道具，还进入风景，那是大自然的拂尘。

古人的精致，他们竟可以让一棵短短的芦苇也分三段：初生的芦苇叫葭，开花以前叫芦，花结实后才叫苇。这有点像诸葛亮，孔明，卧龙先生，绕一大圈，说的都是一个人。让我懂得写文章得会绕弯子，说废话。成功的作家把读者带到文字的芦苇荡里绕迷，自己却找一个口子悄悄出来。

我竟是喜欢他的名字叫“德富芦花”才读他的散文。

德富芦花在《芦花》一文里写道：“‘芦花不值得一看。’清少纳言写道。然而，我所爱的正是这个不值一看的芦花。”就像喜欢东坡肉而热爱苏东坡一样，

清霜醉
楓葉
澹月
隱蘆
花
元人句也
丁亥 馮傑

因喜欢他的名字有“芦花”才去读他的文章。

在北中原的乡村，我们有“芦苇”“芦草”之分，两者不同。前者是栽培，植株粗大，我们叫苇子；后者是野生，植株瘦小，我们叫芦草。仅听称呼也有距离感，没娘的孩子就成了“草”。这些与芦苇有关的植物，无论全草或局部，都是一种清热解毒的草药。

每到秋后，人们就到黄河边站着，像一只只叫“老等”的水鸟，在水上一次次地重复着一个动作，用一只绑绳索的“铁爪钩”打捞上游漂来的芦根，晒干，捆整齐，一车车拉到二十里外的县城中药厂卖掉。芦根清热生津，除烦止呕。

黄河滩芦苇宽阔，厚实，苍凉。人和苇一齐活着，都不容易。世界上没有一种植物像芦苇那样，根茎纵深，横生有节，趾爪紧紧抓住大地，毫不松手。像北中原的农民。

二〇〇五年我到有“神话之乡”之称的豫南泌阳参加“盘古文化节”，第一次知道女娲补天除了手艺高超之外，原材料用的就是苇灰，“炼五色石以补苍天，积芦灰以止洪水”。中国神话再浪漫，也带有乡土性。女娲制造的芦灰，成了最早的中国水泥，能止洪水，证明芦灰凝固力强，属高标号水泥。

芦苇在女娲神话里，肯定是令考古学家找不到也头疼的实物，包括达摩来河南时脚踩的那一枝芦苇。而在北中原，我姥爷在乡下务农，脚踏实地，只用含氮磷钾的芦灰上菜地。我姥爷从不用它补天。

芦苇东西有别。芦苇在西方《圣经》里是软弱的象征，但是帕斯卡尔的“人是一棵会思想的芦苇”这一句，比我们北中原黄河边一个方圆十里的芦苇荡都要坚韧。

在我们那里，苇席是一个家庭离不了的用具，我童年时铺的一张芦席上还编着花案。上小学时，有的人家竟将芦花套在布里替代棉花。有一个女生冬天穿一双芦花鞋，走起路来呱唧呱唧。里面装满芦花御寒。胆怯怯的，竟怕人看见。贫寒因为距离而显得富有诗意，煞是难得的风雅。

芦苇与我，则更现实。少年时代，在深秋萧条的乡路之上，我在北中原乡间运送过苇子，十里外的一家亲戚盖房子急用，要“打苇笆”（就是将编织好的芦苇铺在屋顶之上），芦苇的疏密程度关系到房子的漏雨与否。那是一个红月亮茫然飘浮的秋夜，我坐在一辆激动不止的小手扶拖拉机上，像坐上一只没头的秋后蚂蚱。我背后是高高的芦苇捆,芦苇捆后是圆圆的秋月,一轮月亮在秋后苍茫的北中原大地穿行。月亮和车子辗一路霜印。走了一夜。

那时竟是一身的硬霜,霜有声响。下车时,只想找一个温暖的地方,伸出双手,烤火。

草，一些乡村版的俗名考

童年北中原的那些草蔬们，一个个像乡下人站在那里，哈着气，显得都很和善，肯定面无凶相。你喊一下它们的俗名，正在风中行走，必定会有一棵草站定，侧耳，回头。

你叫谁？

先说常见的凤仙花，俗名叫小桃红、指甲草。

富贵人家一向是不种这花的。不健康的思想里有点认为：像比尔·盖茨骑旧自行车下小胡同，跌份子。它却能让我想到“小家碧玉”这个词。小巧的身子，斜着，倚在门框，在嗅一朵未开的花朵。凤仙花籽还叫“急性子”，一触即爆，待嫁一般。在一个城市染指年代，在那么多同一个模子般的面孔里，我再也见不到一个包指甲的女孩子了。她们中间，没有一朵花知道“大俗若雅”的哲理。

落后不动，就是时尚。

有的草名简直就是说乡间的美丽女子。如凤眼草，想起情人弯弯的眼睛，在我面前眯起来了。“半个月亮爬上来”，凭这草名就能憧憬出她那种风姿。有种草叫小蓝，叶子可以做蓝色染料，即靛蓝。在乡间可做印蓝花布用。我现在就有一块姥姥用小蓝染就的花布。小蓝这名字带一脸羞涩，走在乡间，你对一群放学或割草的孩子照着草的名字去喊，保证有一个女孩子回头。

用乳名可染布。

有一种野水葱，长在河畔，名字干净、利索，就叫“一丈青”。叶梗修长。一丈青是《水浒》里的女将军，嫁给好色的矮脚虎有点顾全大局的革命牺牲精神，像王昭君、文成公主。我看，中国女人的情感史就是半部中国的政治史。

以上属草名阴性系列。有男人气质的是麦子系列。

在我童年时，北中原乡间有春大麦，面白，正月种，故名。春小麦，面最白。秋大麦，又名三月黄，面青，隔年秋种，以别春麦。《汉书》上又称宿麦。还有一种叫“和尚大麦”，这种麦无皮尖，磨出的面为青色。这名字让人记忆最深，像一个青皮头的年轻和尚，正在乡路上急急行走。我想起苏曼殊的句子：“芒鞋破钵无人识，踏过樱花第几桥。”为什么不去收麦子？

围绕这颗“和尚”，那时我们村里的乡间小学校长还有个故事，他出过一个上联“和尚吃和尚”，有趣得紧，奖品是一斗谷子。那时我就没听到村里有谁对出过合适的下联，因为一斗谷子始终在学校仓库里放着。那时我小。现在你试试。不难。谷子已陈。

下面考释比较中性的名字。

猪牙草，在《诗经·卫风》里，歌颂北中原淇河两岸有“绿竹青青”，里面的竹就是猪牙草，说的是扁竹，不是那些与竹林七贤为伍的修长之竹。听我姥爷说时，这学问来得太突然，令我发一小呆。那诗句翻译岂不成了“猪牙草青青”了，文脉暂断，一时令人风雅不起来。

山羊蹄，因形状而名。是好意象！一棵棵，可以晒干的羊蹄子。脚印可以高挂，晾干。像现代诗人写的，“相思”也可风干，高挂，用于晚年怀念一个人。下酒。

想起一种菜叫蔓菁，名字起得雅致，像一个“美女作家”的笔名，但长得却像萝卜一样，又没有萝卜看着顺眼。一脸坎坷。大概属于萝卜的表亲，俗名叫“蔓菁疙瘩”。《滑县志》上对它很庄重地注释道，“蓄之，可救荒年”。

不过这种救荒的蔓菁常常是没有等到荒年，就被我们那些能消化掉社论和钢铁的一副副好胃给提前消化掉了。

蔓菁菜有一种怪涩的味道，姥姥会做“焖蔓菁”，一道北中原乡土菜。我边吃便打嚏喷，煞是过瘾。多吃易上火。我童年时，在北中原一个叫留香寨的小村里，经常带着一方窄窄的竹牌子，长约四指，去生产队打谷场，代姥姥、姥爷去领应分配的那一堆菜蔬，与场里另一方的竹牌子来一个“对照记”，严丝合缝，即可领走。菜蔬里面有椒、菜瓜、苔菜。其中就有蔓菁坎坷的面孔。现在我看不到你的脸了，你躲在哪里？

站在童年那岸，一片迷蒙，一棵棵有乳名的草们，还往这边观望，叫菜窥。

草木精神

人在现代化的今天，早已能上天入地，似乎什么都已拥有，单单遗忘掉了“草木精神”。

一个人不见得就比一棵植物高明多少，树起码没有人的心机。人从树的身上至少可以学到两种美德：一、静默不语，不像政治家那样搬弄是非。二、在一个地方坚守，不上蹿下跳。

无数伟人名人终会死去，一棵树还在那里站着，看着人类在世上以各种合理的名目折腾。

我生活在北中原，有一天到城市，看见城市园区里几棵断枝的老树上高挂着输液瓶，竟是在给树打点滴，原来是从乡下移来的古树。我少见多怪，就问：能活吗？回答是：输输液就能活。可那一时刻，我分明听到树在喊疼。现代人就是这样亲近自然，感受绿色的。

一共四枝你是另外一枝
相憐得蓮

好在这世上有许多带“草木精神”的人，陶渊明、周敦颐，还有我北中原逝去的外祖父母。他们让我感受到一种“草木精神”，前者是从诗文里，后者是从情感上。

北中原任意一棵树都比我丰富渊博得多，我自以为是地写了这么多，树只是不说，树在心里发笑，树的谦卑让我惭愧，它能让我引申：一个作家所要做的事，应该是少说多写。用文字布绿，是往人心里去移植草木，让它沁人心脾，春暖花开。

“草铺地”

不是说一种动态。这名字与干草和麦秸有关，是“干草铺在地上”缩简以后的叫法，还有一种包含大地的气势。“草铺地”，其实是一种北中原冬天御寒的大草袋子的俗名。

记忆里，流逝掉的那些往年岁月似乎要比现在寒冷（就像一个人记忆里的萝卜总是甜的一样）。一到冬天，北中原冬天的风沿着枯瘦的屋檐一路嚎叫，像越冬的马队走在羊肠小道上。第二天，会看到屋外檐下垂挂着长长的冰凌柱，我们叫琉璃喇叭，摘下吮吃，咯嘣咯嘣的声音。

北中原乡村的屋内屋外透心凉，都是冷的，那是一种无处躲藏的通冷。小时候印象最深的是第一次在姥姥家过冬，一条被子上再盖一条蓑衣，上面压两块烧热的土坯。我夜半喊冷，姥爷就在脚头再加一块土坯。

“草铺地”应该这时候出现。它是一个村庄冬天御寒的主要道具。

每年立冬过后，父亲要开始提前“装草铺地”，铺在我床上，让一个冬夜发暖。我们把这种过程叫“装”，父亲做活细致，装得非常均匀。我家的那面是深蓝色的一人高大袋子，里面主要装麦秸，是当年的新麦秸。父亲说过：旧麦秸不暄，还有一种陈年味。

刚铺上“草铺地”的夜晚，对孩子而言就是个狂欢节，我会在上面跳，叫，热闹大半夜。有时第二天起来，喉咙发干，父亲说是初次睡“草铺地”的缘故。北中原的冬夜，梦正顺着麦秸悄悄蔓延上来，爬进那散发着麦秸气息的暖烘烘的冬夜。

“草铺地”是一个散发暖意的代名词。对于一个贫朴人家来说，那是一个巨大的温暖的符号，它透出来我们这些小人物平常生活里的暖意。有了它，似乎一个漫长的冬夜就安定好过了。心里不冷。

感谢那些温暖的干草和麦秸，一棵棵，呵护着我们一家度过漫长的冬夜。

母亲那时候在一家乡村被服厂当临时工，一天，

蘭憶
我從山中來
帶來蘭花
草。有一年移
山裡香蘭
於院，母親聞
後稱香，如今
人逝香消
蘭散憶誰
己丑初冬馮傑

她回家说：厂里一位女工，要给家里的孩子们缝制一面“草铺地”，为了节省布，就捡拾厂里一块块废弃的纱布，浸泡，搓揉，洗净上面的细沙，后来竟缝制了一面丈二大的“草铺地”。

那得需要多少块小纱布才能缝制那么大一块？母亲说，大概要捡上几百块。透出羡慕。我惊叹，要是我能拾到这么多，恐怕冬天就已过去了。

母亲就见过那样的一方大“草铺地”，像是一面“家的旗帜”。

我们家的“草铺地”原料用的是北中原土布，海蓝色，是母亲与姥姥在乡下染的蓝棉布，厚实耐用。装上金黄的麦秸，现在想起来，恍如一片蓝海，接受着暮晚最后的夕阳。

到了初春，“草铺地”里的旧麦秸自然是要倒掉的。有一年晾晒那面压扁的“草铺地”时，竟倒出一窝惊慌失措的小老鼠。它们何时进驻，我全然不知。一尾尾粉红颜色，放在太阳下，阳光穿透，骨骼透明。

童年时我爱做那些五颜六色的梦，譬如：种上一种东西，像种萝卜一样，到来年春天，能长出一个一个巨大的“草铺地”，再不用父亲一把一把装制了，直接就可以铺在床上，送给乡下每年冬天来临时为“草铺地”发愁而浸泡纱布的人。

后来到十五岁，我才看到杜甫竟也有这种类似的想法，不过他是给天下寒士送房子，比我气派得多，境界高（今天的房地产商绝不敢读杜诗也有其原因）。我可以发誓，有这梦想以前我绝对没有看过杜甫的那首诗。

在乡下，最适合做“草铺地”填充物的计有豆秸、茅茅草、芦苇缨、旧棉絮。经过对比，最好的还是那种当年新下来的干麦秸，不经意间，就能闻到散发的一丝太阳的味道。在这种干净的气息里，闭上眼，这时什么都不会再想。

蒲·暗夜的红烛

因植物命名,我住的长垣这个地方曾经叫“蒲”。古代属卫的附属小国。我搬着地理书不完全统计过,历史上以“蒲”起首的地理符号二十四个,我这里好歹也占一个。先伸出一枝蒲。

在我的印象里,北中原的蒲大多在水中不约而至,是一种比夏夜月光都要韧软的乡间之草。平时静静立在水中,有点近似无数条修长的鹤腿,偶尔出来,就在端午节门前与艾枝并列挂着,斩一下看不见的小妖,便又急急回到水中。

我们那里说的“蒲席”,就是用蒲草叶子编的。我看到书上竟引申为“贫寒”出身。我姥爷在乡间黄昏讲《三国》时,说刘备就是编蒲席的出身,和我们村的那些编席匠人一样,只是我们村里人没有刘备“双耳

童話
一次旅程的記憶
馮傑

垂肩”的奇异怪相，只能编一辈子草席。那一刻我就准备如果考不上学时，也去编蒲席，待日后一有风云，也有出息。

我至今在书房里还坐着一方乡下姥娘编的蒲团，平时在上面心有旁骛地打坐、读书。读到陈眉公在《小窗幽记》里的一句“蒲团令人枯”，我一怔。蒲团思想简洁。

“蒲棒槌”是我知道的菖蒲的另一种好处。在乡间，我们的手指有时不幸被镰刀割破，就取下“蒲棒槌”上的绒毛，按在伤口上用以止血，效果极好，可以媲美著名的云南白药。我还见到村中有人在秋后把“蒲棒槌”一一装到枕头里。我便好奇地问。

答道：“清脑。”

近几年一到晚秋，在旧日的“蒲国”，我都要带着孩子去一次黄河边湿地，去采割菖蒲，晾干后插到瓶子里，造一屋的清气。一人独坐之时，看到在暗夜的月光里，它们像擎起一丛一丛的红烛，点燃月光，一棵菖蒲，能在自己的光焰里睡去。

到了冬天，它会谁也不告诉，然后化整为零，飞翔，把细小的种子扎进另一片湿地。

少年时代，我从父亲藏的一册旧唐诗书里看到，菖蒲入诗。从唐诗里抽出的菖蒲很多，它们都一枝枝从律诗或绝句的边上斜斜抽出，尽管五颜六色，也极好鉴别。杜甫抽出一枝是绿色的，叫“细柳新蒲为谁绿”；白居易抽出一枝是青色的，叫“青罗裙带展新蒲”；张籍抽出一枝是紫色的，叫“紫蒲生湿岸”……我都移栽到纸上过。

在屈原《楚辞》的道德标准里，菖蒲与野艾，可是有香草香木与恶草恶木之分的，双方属于截然不同的两个阶级；到北中原，让我们竟不分青红皂白地一下子都捆在一起，结成“端午同盟”。

我那一枝是晒干的，这么多年，在门楣上高挂。从现代回望古典，我的蒲在后面看着前面唐代的蒲，看着汉代的蒲、晋代的蒲，它面不改色。

艾绳解释

艾绳三尺。

秋天一过，姥爷就去北地用镰刀割一箩筐熟艾。闲时用艾草拧一条绳索，晾干储存，用于来年驱熏蚊子。村子小，夸张地说，一把艾香就可以完全罩满。用现在的广告词就叫"誉满全球"。那时何来熏蚊香？连蚊子都是环保型的蚊子。

太短太长都不适。艾绳以拧三尺为佳，太短，不易挂起来收藏。况且因为短小，蚊子看到也无震慑感。

艾香的火焰属于一种"暗燃"。艾焰有一种厚度，内敛，不张扬，自言自语，自说自话。就像一个人在暗夜里只管埋头走路，那焰火是在纹络里默默行进。

一个人在一生的日子里，他开始去到一个地方，最终要回到一个地方，他去寻找一个人，去惦记一件

野竹上青霄
杜甫句也、老杜
是竹的熱
愛者与
反對者
丁亥初馮傑

事，去实现一个告人或不可告人的心愿，去得到一册梦寐的手抄本秘籍，都与一条绳子有关。有形或无形的绳子。内心冥冥里必须有一条牵引着你的绳子，线绳、草绳、布绳、麻绳、尼龙绳、牛皮绳，甚至心绳。

就譬如这条三尺长的艾绳。

闻着艾草气息，哪怕不点燃，一个人也能找到自己的家园，看到瓦楞上的草，看到那些逝去的亲人的坟茔。

啖瓜

瓞

“瓞”字，我敢说，要是当场考试，大多数人会不认识。这显得我一时有点卖弄。说白了吧，就是小瓜。

我们乡下有一种小瓜，叫“马宝蛋”，在蔓上结得一串串，若北斗七星。它先绿后黄，珍珠形的。我在童年时，割草收工后，在缓缓低垂的暮色里，常常将它放在小手上搓揉，一掌芳香。属于掌中化雪的芳香。

这种小瓜属瓞的一种，如果有选瓞的乡村排行榜，它能列为袖珍第一。

古人造字，上面放四个小瓜就成了“罛”，但这是一种渔网，用于打捞沉落的星辰。瓜上若再安上一个小角，就成了“觚”，是一种盛酒的器具。用瓜盛酒，古人风雅到极致：清新，自然，乡土。现代人从来不用此法，因为宴会上喝“人头马”时，唯恐大家不知道，不

這些都是極為本分的故鄉
事物，像那裡的人物圖譜、組
成故鄉必須的部分，隨着時間
的流逝讓我愈發感到本分與
真的可貴 丁亥初六 馮傑記

透明就显不出尊贵与气派，还不能炫耀地位与展示富有。

至今,我还没见过在宴会上,谁敢用一只瓜去与贵妇人们碰杯的(那一定是另一种瓜,名叫傻瓜)。

“瓞”字从字形上看,照古人自右往左读,就是“失瓜”的意思。这种瓜因为小,可以从网眼里漏掉。一只瓜在暮色深处独自行走,不小心绊了一跤,滚到一边,就会在乡间高高的蒿草丛里迷路,像我曾在乡村的芦荡里逃学游走,走着走着,就摸不到家了,要哭,真像这枚可怜不幸的小瓜。

忽然,听到风中有人喊起乳名。

人在缺营养时,也会无可奈何地长成“瓞”的。在故乡农村的那些年,因为缺食少粮,我们那里的小个子就比现在普遍得多,矮人三分。以上是我不太准的考证。

但有些出色的“人瓞”是应该排除在“营养不良学”之外的,我们乡下谚语,“个儿小人聪明”,如书上说的拿破仑、庞统、武大郎。

老书上还有个成语叫“绵绵瓜瓞”,是比喻子孙昌盛的意思。可见,都是说的小孩子们的事情,小孩子们成群了,多了,就不好管了。云云而已。

这成语八成是古代一个幼儿园园长伪造的,且他还一定是个小个子,不足一米一一。我如是推断。

如是我想。我敢打赌。

赌瓜。

瓤

乡村瓜类最硬质的是外面的皮，最软的是内部的瓤。乡村说一个人做事软弱或体质欠佳之意，也是“瓤”。“这个人很瓤。”属于口语里对做事的评判。

村里一直很瓤的人叫老德。

老德剩下一只眼，是个独眼龙。传说是在战场上被更瞎的炮火打瞎的。回来后，一直是村中的孤身光棍，队长照顾，就让他喂牲口，当上饲养员。他待牲口如自己的孩子，仅凭一只眼睛，便料理得一匹匹滚瓜溜圆。后来，“仕途顺利”，又当了村中的车把式，再倔的骡子也被他调理得服服帖帖，儿子一般。独眼龙老德瓤，博得的口碑却是“赶车的技术真是不瓤”。

清淡的彎
癸巳初
馮傑記

后来乡村里还有个传闻，说有人夜里偷草料时，看到老德忙得一头是汗，吊着一只瞎眼，在“干”槽头的那一匹白母马。

路上有人就奇怪地盯着老德的裆下：“老德，还是你厉害。你并不瓤啊！”

老德被问得莫名其妙：“我一直很瓤啊。”

有一年下大雪，路滑不通，队长让去一辆马车，到十里外的县城去领分配给全村的一车《毛泽东选集》。这是政治任务，马虎不得。

老德正病，怕别人不爱惜自己的牲口，使不好，只好支撑着身子，拿起了鞭，顶着满天星斗上路了。回来路上，因为身体瓤，拐弯时把握不住，毛主席的书和车与马一块儿下了河。车毁马伤。老德总算捡回了一条命。

那匹马的腰却齐刷刷地折了。卖马无人要，扔了又可惜，只好煮了满满一大铁锅马肉，全村按人头分。村庄上空，飘了三天三夜浓郁的青草之气。

老德坐在马厩床头，面对分给自己的那一大碗马肉，如面对一块凝聚的黑魂。一只独眼挤下一颗孤零零的眼泪。

老德叹息:“都怨我的身体瓤,捎带了牲口。”

以后,他的身体一直瓤下去,直到有一天死去,僵硬在床上。一群马围着他,喷吐着大口大口的热气。

苦瓜和尚和苦瓜的脸庞

苦瓜开小黄花，黄扣子大小，为时不长，丈量完二十四小时后就悄然退场。散出一种独到的幽香，哪怕只有一朵，风来，一个院子里都会填满这种叫幽香的单词。

大画家石涛的号是“苦瓜和尚”，他编过一本《苦瓜和尚画语录》，我一边看书一边吃苦瓜，文字苦，却感觉石涛的绘画风格并不“苦”，而是“涨”。笔墨抒情的成分更多。张大千是画史上造假石涛的高手，现在拍卖行的许多石涛画都出自大风堂之手，且一一蒙混过关。张大千让我明白，世上最妙的造仿不是苦苦摹画，不是像不像，而是意创。是替石涛创作，让石涛一直死而复生。这例子是画坛三十六计之一，我叫它借尸还魂。

苦瓜的苦风格其他蔬菜无法模仿。

苦瓜小記
丁亥初春
客鄭地馮傑
我第一次吃苦瓜、那味道讓人受
不了、慢慢適應了、以後每年初春、我
這和母親種苦瓜、如今母親不在了
讓我哀傷懷念、在內心深處、一個
人如果沒苦難甜感受我幸福嗎

一个在四川泸州工作了一辈子的表舅，晚年返回中原，定居郑州。他告诉我：少不入川，老不进关。他年轻时进川，是个美丽的错误。但能做一手好苦瓜菜，我认为是最大的收获。我在他家第一次吃过炒苦瓜后，上了苦瘾，回来就在院子里自己种，以至家里晒衣服的栏杆上都爬满了苦瓜须。

说苦瓜脸是形容一种愁相。天使有愁容，植物也有愁容。

苦一向是自己的事。《传灯录》里有一句禅语："苦瓜哪堪待客。"

苦瓜像我们这类小人物浓缩的生活，苦，是从上到下，从内到外，从皮到瓤的苦。静下心来想想，苦中恍然还能有一种回味。这才是支撑生活的骨头。像大家平时过的日子，尽管苦，若等到下一盘苦瓜端上来，照样要吃。

黄瓜菜都凉了

黄瓜身上的刺才是虚张声势。小时候见姥姥切完黄瓜,最后一刀收住,剩下薄薄一片,舍不得扔,就贴在脸上,说厨房闷热,这样就有一点清凉,像一片乡村版的清凉油。四十多年以后,我看到现代的黄瓜竟成了女人们的一种时尚,说这种方式美容。

乡村生产队分瓜菜的时候，路上有人问我黄瓜的来源出处，我说来源于我姥爷在北地的那一片菜园。我说的全是真话。

后来看书,知道黄瓜姓胡,名瓜,无字无号(这点可不像古人)。原来叫胡瓜,因后赵王朝的石勒是羯族人,他最恼火别人说胡人,所以也反对以胡字开头的一切文本,在传说里干脆就改为黄瓜。

学者把天下有胡字的植物来源都归功到张骞头上，说都是他从西域带来的，这无疑是一种学术偷

刷绿漆吧
壬辰年
记故土蔬
鸿傑

懒。美国汉学家劳费尔有一本妙书叫《中国伊朗编》，道出了黄瓜的出身秘史，里面自有黄瓜的前世今生，煞是好看。

苏东坡卖没卖过黄瓜待考，但苏东坡与黄瓜走得最近。蔬菜公司以后可以让苏东坡做黄瓜代言人，这主意最好。广告就用苏子词："簌簌衣巾落枣花，村南村北响缫车，牛衣古柳卖黄瓜。"

让人断定，苏东坡有一边嚼黄瓜一边填词的时候。东坡宽阔，黄瓜减肥。

小时候我在北中原的雨中种过黄瓜。培育黄瓜苗前，将籽置于碗里，盖一层洁净抹布，放在温度适中的炕上或灶台上。三四天后，雀嘴般大小的瓜籽开始吐舌，便可取出栽种。姥姥说，瓜籽见油腥味就不发芽，像千金小姐，黄瓜最显娇贵。

我一直困惑一句话，我们乡下形容事情办砸或耽误了，没有成功，为什么都叫"黄瓜菜都凉了"？智商与菜何干。

喝白老虎汤

如今见一只野生老虎比见国家元首都难，何况是白老虎。但有一只白老虎常见，大家经常喝虎汤，经常擦肩而行，只是未曾说透。

“白虎汤”本是药术里一味清火解热的古方，西瓜却有“天生白虎汤”之称，也就是说，我们天天在吃白老虎。啃瓜皮就是啃虎皮，嗑瓜籽就是掏虎心。我跟着姥爷种过瓜，我姥爷说，“夏天吃西瓜，药物不用抓”，解胃热。

还有一妙语“破瓜”。冯梦龙有“那杜十娘十三岁破瓜”句，小说家都当成破身运用了，诗人则是将“瓜”字拆开，当二八一十六讲的。我看到《通俗编》里还有诗句“功成当在破瓜年”，我就想，成名也太早了吧，后来知道，也是诗人将“瓜”字拆开，弄成了八八六十四。中国诗人们把无用当成本领，在书里穿来穿

最高的兩座山

去，提着一方语言的笼子，把玩里面的大鸟小鸟。

与瓜有关的，古代还有一种“瓜蔓抄”。一人犯事，触及他人，转相攀染，就叫“瓜蔓抄”。这是典型的顺藤摸瓜。

我刚开始上班的地方叫芦岗店，离黄河滩不远，西瓜们都在黄河沙地上露着头，且一个个都有名字。白籽白瓤白皮的叫“三白”，黑籽红瓤的叫“黑虎掏心”，白皮红瓤黑籽的叫“刘关张”，白皮黄瓤的叫“黄沙瓤”。如今，这些名字都只能长在县志里了。

我知道传统的西瓜一棵秧上一般只结一颗西瓜。顶多后来上面带有一小妾。

那时我是乡村信贷员，任务是下乡催收贷款。在乡村饮酒，欠款户豪爽，说，只要把这碗酒喝掉，现在就还款。我喝醉酒后，就急急大块吃西瓜，解酒。再喝。这是乡村秘籍。

吃西瓜的N种方法

假如我姥爷在世，肯定会笑我。

其实就一种：用嘴吃。

但是世上有文化的人不这样认为，把吃西瓜当作一种“行为艺术”。世上所谓的“学问”，就是把无用的东西折腾成看似有用。

陈康祺是同治年间的进士，瘦，还是一个美食家，他说吃西瓜要分四步：

第一步：用食指、拇指、中指拿一块西瓜，小指、无名指要悬空，做兰花状。（我试过，这模特作秀的姿势并不好拿捏。）

第二步：将西瓜送嘴边，一边扇风。嘬。

第三步：嘬一口汁，咬一口瓤。（这一步俗套，毫无创意。）

第四步：搜集吐出的瓜籽、瓜皮。瓜籽占卜，瓜皮

西瓜裏的舞蹈
童年的瓜籽一個個在西瓜裡舞蹈
西瓜房子

上刻字。陈就在上面写过诗,“红炉煮新茶,霜刀刻碧瓜”。

我的结论是:这执瓜人肯定不渴,吃饱了撑的或有国家供养。

北中原有一种大籽西瓜叫“打瓜”。我姥爷当过种瓜匠,我姥爷的经验是,“芝麻地里点打瓜”。这属于油料瓜蔬双赢耕作法。我们这里有个风俗,南来北往的过路人到西瓜地吃打瓜从来是不要钱的,像皇家驿站,但必须把瓜籽留下。最好的瓜籽叫“兔眼瓜籽”。我记得那时吃瓜是将瓜用手掌磕打成两半,然后掰着吃。满脸红瓤,像一张豫剧里的关公脸谱。

乡村西瓜里只有乡土,咋能包含哲学?

且听台湾诗人罗青说《吃西瓜的六种方法》。

罗青的吃法本来应该是六种,但第六种他先不谈,到最后也未说,先从第五种“西瓜的血统”说起,西瓜成了另一种地球与星球,挂在语言之上。第四种考究西瓜的籍贯,在做西瓜的“对照记”,我看未尝不是人与瓜的“对照记”。第三种才是西瓜的哲学,写西瓜的自得其乐,与世无争。第二种是西瓜绵绵不绝的传承意义,递进式。第一种放到最后,最是干净利落,就一句——“吃了再说”。

早年罗青先生曾给我写过一幅书法：“空林疏星”。大概与第五种略略有近。

两岸的吃瓜方式也因“意识形态”而不同，瓜却是一样。西瓜自己喜欢哪一种呢，从而心甘情愿让人破瓜？

西瓜方程式肯定无解。忽然就想起我姥爷立秋之日要把来年要种的瓜籽装在小布袋里，扎口，高悬在梁上，怕老鼠和我偷去。

吃西瓜靠情趣，你有多少情趣，就有多少吃西瓜的方法，属于“西瓜党”要做的事项。我先列出一个西瓜公式供参考：（诗+黑籽+白瓤）÷瓜皮=情趣。

也就是说，吃西瓜以前你得先去学诗，然后才能像我这样，在纸上谈瓜，一边吐籽。这就不至于本来想风雅却因伸不出兰花指而发窘。况且吃西瓜还不必剔牙。

采蔬

韭菜的剪法

“韭”这个字形很有意思，长长短短，横竖都是发的韭叶子，难怪《说文》里这样解释：“在一之上。一，地也。”如果倒着看，压上一个盖子，就该是不发芽的韭黄。

韭菜以春天最好，夏天就苍茫了。人到中年才恍然，出名要早。古人的“春初早韭，秋末晚菘”讲的都是及时，说的“时间和速度”，在讲物理。《政和本草》里说治消渴饮酒无度时，可以吃韭，“韭苗日吃三五两，或炒或作羹，无入盐，但吃得十斤即佳。过清明勿食”。这哪里是治病，说的是过生活。

先人命名一种植物总怀有一种愿望，“韭”乃“久”谐音，《说文》说：“一种而久者，故谓之韭。”《诗经》里最早出现“万寿无疆”这个字眼，就是与“祭韭”有关。只要有韭根埋下，不必年年播种，它是一种内

一時蔬乎
柴米油鹽醬醋茶
葱姜蒜椒韭菜花
人生得意須盡歡
吃蒜大葱喫黄瓜

含毅力的植物。母亲从老家挖来些许韭根，就种在盆里、地上，有时等到做饭下锅时，才忽然想起来剪。

我们乡下剪韭的一个方法实在高妙，不用镰刀、菜刀，认为那样剪出的韭菜会带有“铁腥气”，用碎碗瓷片来割，这样割的韭菜原色。

那么多人与韭有缘，苏轼的“青蒿黄韭试春盘”，他调制了三种颜色，上菜。陆游的“雨足韭头白”，是一种诡奇意象，白头的韭啊。郑板桥的“春韭满园随意剪”，他向往闲适。韭菜能在文学史上发芽，都与吃有关。其中要数杜甫的那一把韭菜最鲜。

杜甫《赠卫八处士》是杜诗精品。“人生不相见，动如参与商”，“夜雨剪春韭，新炊间黄粱”。我每每读时，叹世间苍茫。那种时空交错的感觉，杜甫有，我也有。韭菜肯定也有。

雨夜留客剪韭，是古时诗人的一种习惯，朴素不失雅致。相当于现在诗人找个理由要四个小菜、一捆啤酒喝到天亮。

所谓“剪春韭”，不是室外活动，而是回归室内的一种烹韭方式，如果你以为是手持一盏马灯或电筒，半夜到菜地下刀剪韭，那就错了。

我告诉你古人“剪春韭”的方法，步骤如下：就是一手拿一束韭菜末端，将另一端放在清盐水里煮，然后剪掉末端，最后投入凉水里。这样烹出来的韭菜味道清脆可口。

就这么简单。并不是唐诗别解，也不是误读，我家来人时从来就是这一古风。

杨凝式掐着韭花写《韭花帖》

梦中，就开始闻到韭花之香，醒来时恰恰有人叩门，童子道："官人，有人送来韭花。"

推开窗，圃外几畦韭花亦新绿，就立在案头，试墨，挥毫。

在一帖手札之上，韭花开得如此爽朗，字里行间透出绿意，字们一个个显得新鲜可口，能吃的。帖上便下起了一场细雨，是五代十国的古典细雨。新雨的气息，旧墨的气息，一时弥漫在那样醉生梦死的年代。

这个人是杨凝式。

杨凝式是个很有意思的人，在五代那个动荡年代，几朝皇帝都给他官做，不知是苦于政治动乱的险恶，怕人抓住把柄，或压根儿就没有把做官当成什么鸟事，他时常给人留下的印象是装疯卖傻，恣肆狂

愛竹能延客
求詩剩掛墻風梢
千纛亂月影萬夫
長谷鳥驚棋響山
蜂識酒香只應陶
靖節會聽北窗涼
東坡詩也記於
丁亥初三
馮傑

放，人称杨风子，风疯相通。除了佯狂放浪于形骸之外，更多的是挥毫题壁，洛阳城里的寺庙墙壁，甚至断垣残壁也不放过，到处都有他洋洋洒洒的字。这是行为艺术。若放到现代，在墙上乱涂乱画，警察一准罚款。好在那是个风花雪月的年代，说不定那时执勤的警察也是个如我一般的三流写手或准文学爱好者，看着正乱写乱画的杨风子只会嘿嘿傻笑。

壁是他最好的天地，以至他留下的墨迹不多。能在丈二大壁上题字，谁还想在三寸小笺上写蝇头呢？这种人的书法只能留在风雨里，风雨里的字是与时间同步的，同烟同云、同雨同苔、同泪同血，最后，都了无梦痕。

有意思的人自然会写出有意思的帖，譬如这《韭花帖》。

在书法史上，这一丛韭花以章法疏朗而开得满书余香，让人合不住。后来米芾也看到了，于是米芾开始发痴。在艺术天地里，能让米芾看上的人不多，他连上一辈的颜、柳也不感冒，称二人为丑怪恶札之祖。但他对杨凝式大加赞许，击掌道："杨凝式如横风斜雨，落纸云烟，淋漓快目"，"天真烂漫，纵逸类颜鲁公《争座位帖》。"

这是米芾之言，艺术家一痴，就显出几分可爱。

韭花因为有杨凝式入帖从而摇曳多姿。

我父亲在世的时候，每到韭花时令，同母亲一道，他们择叶、掐花、晾晒，装到罐子里，再一层层摊上细盐。一坛韭花够我们全家吃上一冬天。

我也发痴，有时会在不经意间，忽然因为引申而涌起一种巨大的悲怆。譬如这一粒小小的韭花，在杨凝式帖中摇曳的韭花，看似从容，其实不小心把眼泪都能辣出来。

惊叹，由吁到芋

在我们北中原殷墟出土的甲骨文里，你就是把全部的龟片翻个底朝天，也找不到这个小小的“芋”字。文字比它本身走来得要更晚一些。

我开始把它的来历想象成一出乡村传奇：

最早，是在很远的一天，我们北中原的先民在田野或荒无人烟之地苦旅，忽然，看到了那种未曾见过的大叶子，于是，发出惊叹的语气助词——“吁！”

再于是，这种植物就开始叫“芋”了。这就是它的来历。

当然，还得给汉字戴上一笠遮雨的草帽。中国汉字有个规律，凡带草字头的，都是绿颜色的汉字，能发芽的汉字，能种下的汉字。

这是我赋予这种植物诞生记的小引子，自然是禁不起推敲的。我只不过想用文字把它打扮一下，好

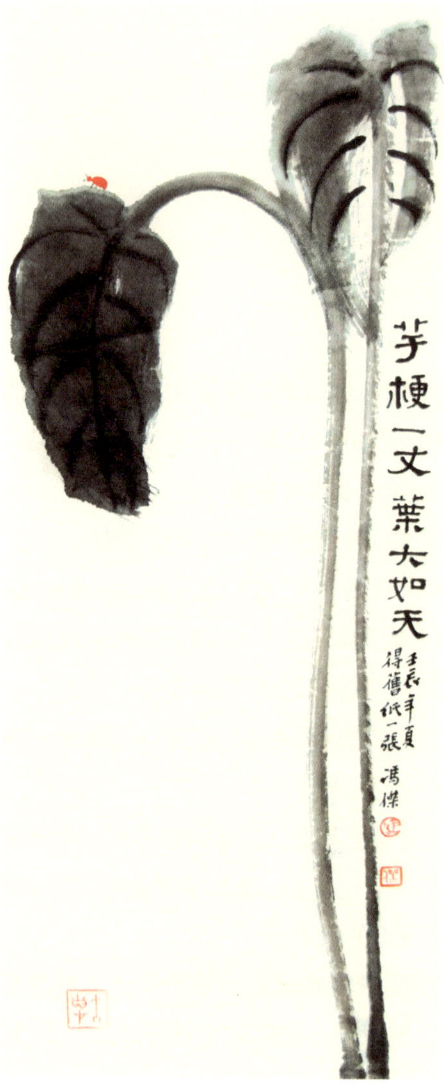
芋梗一丈 葉大如天
壬辰年夏
得舊紙一張
馮傑

让芋穿着一面面大绿叶子出场而已。

芋因充满乡土情怀而可入画。我是首先看到齐白石画的芋叶，其后，才看到真芋的。在一方小小的邮票上，那芋的肥大枝叶几乎延伸到方寸之外了。滴下的露水，正在深浅分明的墨叶上流淌。一边，还有两只歌唱秋风颂的蟋蟀。这些与齐白石有关。

初春，母亲常常会在集市上买些小芋头，大的煮熟，让我们蘸着小碟子里的白糖吃。小的也不丢，留下来。我看到一小筐里放着一堆小芋头，一个个顶着绿芽。原来母亲要种。

芋头开始在院子里发芽，抽枝时还要随着培土。等到长大时，芋的风姿有点像陆地上生长的荷叶。大叶子在晚风中缓缓摇曳。有串门的人也"吁——"：

"你们怎么种了一院子藕啊？"

中国的芋头可能要数广西荔浦芋头最大最好，肥硕。据说过去都是"贡品"。母亲生前，我们全家坐在一起，看过那个关于刘墉的喜剧，荔浦芋头作为角色在里面出场过。那时，曾有黄昏里开心的笑声。

有一年，我随一个旅行团到过荔浦，专门在一个小火炉前买过一个，双手捧着，边上车边吃，干、面、掉粒，惹得一车人看我的贪相。别人告诉我，桂林那边也有卖的。

等到在桂林回中原,临上车时,想给母亲买个带回去,却怎么也见不到芋头那毛乎乎的影子了。

后来冬天,在北中原的小镇菜市场上,见到了这种荔浦芋头,是从南方运来的,我毫不犹豫地买了两个,让母亲尝尝。

母亲嫌太贵。

“不贵,芋头都是坐火车来的,那么远。”

母亲还用刀片削下几块,说留下来种种试试吧。她以为还会像过去在集市上买的小芋头呢,一个个都听她的话。

来年,荔浦芋头沉默,都没有发芽。

茄子的腿

姥姥当年把茄蒂叫作“茄腿”。我第一次听到，以为乡村茄子都长有腿。

茄子果实和茎枝相连的那段，就叫茄腿，非要归类，就属于“中介人”角色。我觉得位置像是茄子的领结。茄腿绿色或紫色，带刺。有时在菜园，不小心就会被茄腿扎一下，像是茄子的抗议。

这一天切茄子的时候，我忽然想到了三十年前的茄腿，就要刀下留情。妻子一脸困惑，说：“你吃啊？”我听到的是戗人的口气。想想也是，现在人们都不吃茄腿了。我于是把茄皮、茄蒂倒进垃圾桶里。

在我印象里，姥姥和乡村里的许多细节连在一起。那时即使带刺的茄腿也舍不得扔掉。茄腿常常切碎，炒菜，蒸菜，或晒干，用于冬天煮粥，叫作“插(馇)咸糊涂”。

世上寒霜皆退去
只有紫茄敵素秋
昔李義山句只有空牀
敵素秋也今以色彩而
對之記故土菜蔬
壬辰年暮秋
寓於鄭州

后来知道，茄腿还是一味中药，治背疮病毒，《本草》上说，用十四至二十一个茄腿，水、酒煎服。中医里多含有数字神秘学。

后背疮在民间可是要人命的一种毒疮，当年《水浒》里宋江就得过。可惜施耐庵不知道我们北中原的茄腿秘籍。茄腿还治牙疼，加细辛末，一上来就可以镇住好几颗腐败的大牙。

面对茄腿，村里中医让我大开过眼界。

中医的口头禅是“偏方治大病”。保守，缓慢。他却解释说：“病来如山倒，病走如抽丝。”秋后，我会看到他将茄腿摘下晒干，在锅里焙干，焦黄，冷却后研成细末，从木橱里拿出几个瓶子，收集到里面。村里有人生疮，他就倒出一些粉末，拌成稀糊，涂在疮上。七天之后，果然痊愈。

他说：“西医就得动刀。”

有人问他，不说，他只说是“天丹散”。

我知道，其实应该叫“茄腿去毒散”。只是我也不说，守住茄腿秘密。

石榴的骨头

当年姥姥家门前种有一棵石榴树，每到夏天，榴花如火，静夜，闭住气，就能听到一股股小火苗“呼”的一声，窜到窗口。冬天恍惚就冻结为门框两边的春联。

结的石榴不多。一家人还没有明白留意，虫子们却早已提前搬进一座座石榴房子里，在内部做甜蜜之旅。姥爷把石榴卸下来，剥皮，都有虫子一一出来。

剩下完整的几颗必须存放到八月十五，以便中秋节上供用（我在吴昌硕笔下的《清供图》里经常看到它的身影）。为了保鲜，姥姥就把石榴储藏在粮食囤里，说这样才保险。那时存放西瓜也是如此。

石榴花萼像扑克牌里老 K 戴的皇冠。后来读《圣经》，我看到《雅歌》篇里竟如此形容美女的眼睛，“你的两太阳在帕子内如同一块石榴”。这翻译走神了，

肯定有问题,石榴多籽,那不成了乱流泪的风泪眼?

多年以后,我还别出心裁,用石榴皮泡水画画,做辅助的颜色。和一个女孩子吃石榴,皮剥下来,不小心被她涂在衣服上,斑驳一片。我说不易洗掉,她告诉我:这就是石榴裙,你一不小心就拜倒了。我终于找到了典故的出处。

还说我家当年的石榴。后来姥爷听说白石榴不生虫,院子里又种了一棵白石榴。

红石榴开红花,果实是红籽;白石榴开白花,果实结白籽。红白相间,各不相干。红白分明,都有自己的传承。

姥姥说给我的一个单方:吃石榴时,让我连石榴籽也要一同嚼碎咽下,那样可以"杀食"。是乡村治疗儿童积食的土法。

这个与童年有关的习惯让我保持到现在,有一点贪婪,以至家里的孩子们常笑我这个吃法,都惊呼:天哪,怎么竟连石榴骨头都不吐?

虚谷案头的菜蔬

虚谷是一个我欣赏的画家，主要原因是在他作品里，繁华中透出冷寂。

虚谷原籍安徽歙县。有一年我同友人去歙县做江南游，白墙黑瓦，地图上没找到虚谷故居，就顺道去了潭渡村黄宾虹故居。黄宾虹的一个堂侄坐在美人靠上，还讲到虚谷。

那年，皖南的芭蕉真肥。

虚谷年轻时有火气，与太平军打仗，后来不愿再打，幡然醒悟，干脆出家为僧，相当于现在的逃兵役。披缁入山。做了和尚却又不礼佛号，不茹素，不礼拜。手中的长枪换成狼毫。唯以书画自娱，几近闲云野鹤。腕下的山水、花卉、蔬果、禽鱼，一片迷离。落笔冷隽，蹊径别开。

原来当和尚只是借口。

枯魚過河泣何時悔
復及作書与魴鱮
相教慎出入
漢代的魚打来電話
告訴我們防人之心不
可無 丙戌年末馮傑

虚谷其性孤峭，非相知深者未易得其片楮也。传世作品自然不多，不足三百幅。伪作数量如今大于真迹，以至拍卖行里的虚谷越拍越多。

我喜欢虚谷的枇杷、西瓜、松鼠、秃尾巴金鱼小品。虚谷的书法写得“冷”。少年时我花八分钱买了一张虚谷的松鹤印刷品，那只鹤孤零零立在墙头上，缩脖。

我比较过，虚谷与八大不同，虚谷的苍凉是着了颜色的苍凉，属华丽苍凉；八大的是原墨，那苍凉不着色。

虚谷与八大略有近似，八大的鱼眼是方的，白眼朝天；虚谷的鱼眼也是方的，后来干脆身子也是方的。鱼们在他故乡出产的宣纸上叹息一阵，然后，逆流而行。

柿子的别名就叫涩

天下画柿子的人多多，如果不以名分才气论，只按画柿子个子的大小往下排，“柿子座次”一定是这种排法：计有吴昌硕、齐白石、虚谷、赵之谦、潘天寿、冯杰。

我手下走过了那么多颗柿子，认为，柿子画得最好的一幅却是南宋牧谿和尚的。六个柿子端坐在那里，拙笨、简朴，却透出大智、慧心。像六个红脸罗汉，在打坐。

打我识字始，知道柿子就是涩。我对“涩”的感悟一向深恶痛绝，因为小时候偷的柿子大都青涩，苦不堪言，像文言文，像鸡肋。因为涩，小时候跟着姥爷在乡村“漤柿子”，这是一道乡土手工制法，用烧开的热水将瓮缸里的涩柿子加工致熟。这样，青柿清脆，不涩。

四世同堂
壬辰年 馮傑

“涩”在中文里的意思永远是：青涩，艰涩，苦涩，稚嫩，晦涩，滞涩。都是不成熟的表现，可划入出身不好接受再教育的词列。后来，一个懂日语的人告诉说，“涩”在日文中显得别开生面，可引申为“好的”“雅的”品位。

在下一惊，莫非宋代先人与后世的倭寇私通？

因为我就认为牧谿和尚的柿子境界是涩中有雅。

涩是一种生命力的象征，涩有一种青春朝气，原色的，野性的，更接近原创。只要当下有涩，未来肯定就有成熟。涩一点愈好，起码比世故、媚俗要强。

而媚俗就是“软柿子”，从“骨感”上言，拿不起来。

沧浪之水清兮濯我萝卜缨

冰凌响，萝卜长。

——村谚

萝卜的资格比红薯要早。《诗经》里的“采葑采菲”，就是最古典的一次拔萝卜，在十五国风的“邶风”里拔，就是现在北中原我家的附近。

我总结了一个植物规律，凡能在《诗经》里出头露脸的菜，肯定是原产于中国本土。它们最有资格倚老卖老，说三道四。

我也是吃萝卜长大的，红白兼并。我上小学时，母亲还炒焦红萝卜干，让我带到学校吃。

每年父亲会在院里打畦，整地，施肥，种上大片白萝卜，作为一个漫长冬天的菜蔬。一入夏天，我们全家一人拿一枚针，一叶一叶剔萝卜上的绿菜虫。

种植的时令，是遵照姥姥说的定律，“头伏萝卜二伏芥”。在我们北中原，这个时节种萝卜正好。这谚语放到其他地方就不一定适用了，要么早退，要么迟到。

种萝卜是一种唯美。我们那里有个风俗，种萝卜时是不能赤脚的，从形象模仿上推断，长出来的萝卜会发叉，相当于“交趾”。我曾有一种萝卜史上的误读：古代越南的名称就可能是这么来的。人犯了种植的错误。

就像写文章也得讲究环境，起码我是如此。

萝卜又称莱菔、芦葩（菔），小名更多。山东人王祯在《农书》里认真地卖弄乡土知识，说：“萝卜一种而四名：春曰破地锥，夏曰夏生，秋曰萝卜，冬曰土酥。”可见季节不同，名称也不同，一个比一个好听。但是在我们这里，只有一个称呼，无须各自表述，通通都叫萝卜。书上评论萝卜座次：“北方者极脆，食之无渣；中原有迭秤者，其质白，其味辛甘，尤宜生啖……”可见天下的萝卜就数我家门前的那棵最好了。我还有一句名言最好听——“童年时代，姥姥家的每一棵萝卜都是甜的”。

苏东坡也与萝卜有关，著名的“东坡羹”好听好吃，其实就是萝卜茎块捣碎，加上研碎的白米烹煮而

濯纓圖
滄浪之水清兮可以濯吾纓
濯的是我故鄉的蘿卜纓
丙戌末 馮傑

成。苏东坡与萝卜珠联璧合，这是烹饪文学史里最典型的“双赢”案例。

我除了知道“冬吃萝卜夏吃姜，不用医生开药方”的秘诀之外，还知道古书上有一个方子，说萝卜与地黄一同服食，会使头发变白。我二十岁时就开始“少白头”，真正是岳飞说的“白了少年头，空悲切”。莫非与少吃萝卜有关？有一次我在郑州，看到现代美容店里有一种做一次三百元的“时尚灰”，看那发型就是灰白参半。建议应少用染发剂，多加白萝卜。萝卜缨若与桔梗同服，还可治歌唱家喉咙发音不准。

照我的美学经验，萝卜宜入画不宜入诗，入诗不易合辙，入药可以，顺气。萝卜是一种艺术美学。感觉，意象，禅宗。看看赵之谦、齐白石、王雪涛的萝卜就明白了。

在秋日太阳的照耀下，阳光穿透萝卜，映照得茎块透明。如果是白萝卜，就是一块温润玉石，乡村版的羊脂玉石；如果是一棵红萝卜，内部就流淌着一条红色的河流，晃动一下似乎汁液四溅。萝卜须是河流一条条的分支，在乡村的风中流动。

一次在故宫展览上，我曾看到一棵白玉雕刻的萝卜，让人惊叹。当时我就想说，不如直接摆一棵我家的大白萝卜,更像真的。多亏我没说出来,不然他们肯定会赶我出宫,比赶溥仪都紧。

想起少年时代，语文课上老师兴致勃勃地讲屈原投水,有一句“沧浪之水清兮可以濯我缨,沧浪之水浊兮可以濯我足”,我正在伏桌睡觉,老师忽然问我缨是什么,我答:“萝卜缨。”

老师就说我胡说。

但是这种提问有意思吗?竹林七贤提问可以,小学教师提问就不行。我若回答成猫头鹰其实也对。禅与萝卜。现在想想,我少年时也懂“禅宗公案”。

最后说我家冬天埋萝卜的方式。萝卜必须埋存,不糠。萝卜缨煮后晒干,储藏备冬天食用。埋萝卜得先切掉萝卜缨,防其发芽。北中原有句歇后语,叫“萝卜下窖——切了”,就是把缨切掉。延伸用于形容人或事到了最后的无望,大概属终极关怀。

萝卜埋完后,封个工整的土堆,不要以为这样就可以收工，姥爷最后还要在上面插一束玉米棵或高粱秆,说是让它透气,这样萝卜才不至于闷坏沤烂。这有点像一篇文章写毕,余兴,后面来个“跋”才显得完整。至于那束秫秸，分明就是萝卜一生的跋。

我看姥爷埋下的那束秫秸，觉得倒像是萝卜窖上耸立的耳朵，萝卜地下寂寞，它在听天上过往的风声。到冬天大地开始落雪，“萝卜耳朵”像乡村标志立在那里，上面偶尔落一只鸟，它竟还是一只腿站着，无意藐视着萝卜。

“二十五节气”和苏东坡的咳嗽

哮喘有点如怀旧，似曾相识燕归来，每到一定季节，不期而至，倒像是二十四节气里的一种，真可称为“二十五节气”。

我少年时，几年里都困于咳嗽，病期自每年秋冬之交开始，到春夏之交结束，比一个叫“立冬”的节气都要准时。咳嗽起来，喘得胸口疼，震得头痛，夜里睡觉都要趴在床上，像一个拙劣的诗人写一行诗都要点五个标点。

到医院治疗，医生最后诊定为“季节性过敏性哮喘”。开了一大堆西药，饱受苦药之累，最后也未根除，年年复发。一天，乡下的姥姥知道后“出场”了。她说偏方治大病，即使无效，也不影响身体。姥姥一说内容，我笑了。

姥姥用红梨炖川贝，熬两小碗，每天晚上让我睡

梨的故事
冰糖炖梨可治咳嗽
這是我姥姥常說的單方
多少年過去了我仍在
使用却常常在寒冷的
冬夜依稀聽到隔墻
姥姥的咳嗽聲
丁亥初 馮傑記

前喝一碗，次日早上喝一碗。半月之后，竟好了。单方是红梨一颗，贝母十克。半月一疗程。姥姥说，川贝母最好，如无贝母，单熬红梨也有效。

后来读书，我看到更气派的单方，与明末的傅山有关。在古代，哮喘到极致就是痨病，谈痨色变。傅山是名医，又是书家，他给一位痨病鬼开了一个药方，药材竟是满满一船梨，让患者坐在船头，自山西吃到河南。果然，船还未到下游，痨病在中游就好了。

这方子让我惊得吐舌头，比姥姥的厉害。多亏我未遇到傅山，姥姥只给我十五颗红梨。

一天看《苏东坡传》，知道苏东坡晚年也困于咳嗽，哮喘。可惜双方生不逢时，都在时空里错过了，要不我可以送给他我姥姥的十五颗红梨。

面对心平气和的风景，如果你控制不住自己咳嗽，要一种聪明简单的治疗气喘的方式，我希望尝一下我姥姥的红梨。不行你再去看西医，只当这是一个轻松的古典乡村游戏。

先执一颗红梨。

洋柿

我们乡下人囿于一方之地，眼界有限，思想守旧，没有见过外面的大千世界，大凡稀罕之物，必先称之为“洋”。

常用物品如果叫“洋”，那是特定历史条件下形成的称呼。背景是贫穷、落后。现在还依然这样称呼。我记得的如：

洋烟（烟卷）、洋糖、洋火（火柴）、洋车（自行车）、洋油（煤油）、洋钉（铁钉）、洋蜡、洋布（纱厂布，相对农村土布而言）、洋镐（铁镐）、洋锨（尖头锨）、洋灰（水泥）、洋房、洋面（面粉厂里出的面）、洋袜、洋枪、洋炮、洋毛巾、洋油桶、洋瓷盆……自然，还有洋鬼子……

番茄我们也该顺理成章地叫“洋柿”。

一輪紅日昇
端碗臨東風
鷄蛋撈面條
也入江山中
壬辰秋補
西紅柿也

我十岁左右时,才初次吃到“洋柿”。

有一天,父亲递给我一颗红红的番茄,说这是“洋柿”,是亲戚从县城里捎来的,全家都要分开尝尝。那时我还没见过这样大的洋果子,好奇大于嘴巴。珍惜,就不敢大口去吃。

味道怪,怪得一时出乎意料,像上学考试时一篇跑题的作文。不过还好,结尾还能收拢住。最后我接受了那种味道,默认了那种气味,保持到今天。

那时刻我看到番茄内部藏着一池“红色池塘”。像后来看到的印象派的画,像一个乡村鲜嫩蛋黄般的黎明,被谁忽然一刀切开。就是这种新鲜感觉。

父亲说:把籽留下,明年种一下试试吧。

为了好收留储藏,我就把番茄籽小心翼翼地吐在一张芭蕉扇面上,放在窗台上晾干,单等着明年下种。

番茄籽的形状大小如一粒粒金色的鱼卵,在扇面上仿佛能游动。扇面依稀皱起来水波。

扇子一合,番茄籽粘在上面,像是皱起一扇面的泼剌之声。

据说,最早的时候,番茄戴着红帽子来到欧洲大陆，曾被视为一种危险之物，称“有剧毒”。现在我知道，这种想法与见解也是对的，番茄来到北中原，以我的经历和承受能力而言，我就知道，起码从内心深处，番茄足可致人之命。

因为到现在，番茄年年都吃，父亲早已不在了。

无端想起窗台上，那一芭蕉扇晒干又要游走的米黄色的番茄籽。

秦椒

我母亲一直称辣椒为“秦椒”。

让我想到，这种常见蔬菜的第一颗种子，源自遥远的大秦帝国。

时光一页一页地掀过，中国有许多历史大事，多记在正史之上。只有痕迹与残片才遗留在乡村，从那里隐隐还能嗅到历史如一间旧屋或陈仓的气息，那种气息散发自浅浅的青苔上或深深的民间书卷里。

这是秦朝的蔬菜。秦始皇当初吃过之后，也没敢把这小小的散出芳香的种子与书一同烧掉。那样的话，它在烧痛的灰屑中也会发出阵阵呻吟。

那时，我正在乡村炒菜，面对翻炒出锅的热闹过程，竟没想到这会是焚书坑儒的另一种翻版。可见乡村的时光是多么平和宁静啊！风吹过辽阔的大地，万

十二金釵
其中一個厲
害以一當十也
辛卯年冬鄭
鴻傑又記

物皆有爱情。

土地经过了那么多次的大劫与翻晒，它生长、抽枝、结果，最后依然还平静地称作“秦椒”，这近似于一种文化上的纪念与大地的宽容。

大地收留一切。

长大后知道，辣椒是在明代才传入中国的，一颗辣椒与一位暴君无关。可是，为什么不叫“宋椒”“元椒”“明椒”而叫“秦椒”呢？

恐怕习惯与乡村词汇早已无关。

在乡下，我母亲一直称它为“秦椒”。

辣椒是穷人的馔

传统画家在画《清白图》时，画完白菜，余兴未尽，就在一边添上几支辣椒。若几尾红鱼，般配。辣椒属平民日子里的道具。

那时我们家贫朴，辣椒的辣就像生活中的味精，是点睛之笔，让人忘记日子里的苦与艰难。走在乡村，冬天屋檐垂落的一串红椒分明让人鼓起向上的勇气。

从形状上看，柿子椒算是素椒，“狗尿椒”是最辣的，“朝天椒”是辣中的极品，一般用于观赏，极少有人敢吃。用途多可作为乡下人打赌的道具。

辣椒下来的季节，姥爷用盐水泡满满一缸青椒，吃饭时就随手捞出几支，算是最好的菜。看到姥爷的这种吃法，我也捞一支青椒效仿，却不得不叫喊苦辣。那种辣，绕梁三日。有时没有青椒，姥爷会将干椒在掌中搓碎，放进碗里，显得更暴烈。

乡下的日子就是这样过去的。简单，厚重。

我问过姥姥，姥爷为啥那么喜欢吃辣椒？我姥姥说了一句哲学家永远说不出来的乡下话："辣椒是穷人的馋啊。"

在没有大鱼大肉的时代，我们乡下人就是靠这种方法解馋的。简单，有效。它是穷人的权利，且还不用去央求他人。真不知道，没有辣椒的日子该怎么过？

玉米的方言和理由

一

北中原大地，是玉米王国。我周围的玉米和我们人类一样，有自己的语系，它们都是讲方言的大地子民。一棵，一棵。

你可以在田野里试试，每到晚秋深夜，在生起微风的月光下，能听到那玉米的方言此起彼伏，在讲着多少年前承袭流传下来的玉米母语，像一部乡村版的口语的《史记》，像一条艰辛哀伤的河流，从遥远未名的时间深洞里贯穿下来。

那条玉米河里，讲述的都是关于乡村小人物的生存史。湮没。涌起。

二

后来我来到城市，我看到水泥大街上穿行着玉米,玉米的清气弥漫在城市的局部和细节,但很快就被汽油的气息兼并。城市售玉米者言:就经济价值而论，塑料大棚里早熟的玉米售价高过乡下秋后收获的玉米。

童年时,我们偷偷烤吃田野里的嫩玉米,被姥爷视为一种糟蹋浪费的行为。他认为,到秋后玉米饱满长熟,每穗都可以当养家糊口的粮食。在乡村习惯意义上,同样是吃,似乎这样提前去吃就是不合理的,超越了乡村俭朴底线。

玉米在这时,属于一种空间错位。

我后来的这种观念和角度不一定相适现实,却成了我怀念玉米的另一种理由。

红薯的人道主义

请耐着性子，先来细读以下一段文字：

> 我爱红苕，小时候，曾充粮食。明代末，经由吕宋，输入中国。三七零年一转瞬，十多亿担总产额。一季收，可抵半年粮，超黍稷。　　原产地，南美北。输入者，华侨力。陈振龙，本是福州原籍。挟入藤篮试密航，归来闽海勤耕植。此功勋，当得比神农，人谁识？

这是一九六三年郭沫若为纪念红薯传入中国三百七十周年而作。那一年我还没出生，可见红薯比我大得多。等到我此时去写这篇红薯文章时，已经四十三岁了，也该是红薯传到中国四百一十三年了。薯到中年啊。

红薯来到中国的经历极为精彩，简直如一出传奇小说，我就听到过三种民间版本：

一说是有一陈姓华侨，于万历二十一年（一五九三年）从菲律宾将薯藤挟入小篮子内，航海七日，地下党怀揣情报一样，秘密潜回福建，开始种植，以后在中国四处传播。

第二个说法：一个人在吕宋岛（也是菲律宾），取薯蔓缠入缆绳中，涂上青泥，避过检查，得以渡海，传到中国。使用瞒天过海之计。

以上两个都与菲律宾有关。

第三种版本更是情节跌宕起伏，近似我们北中原民间艺人说的"评书"：话说红薯原产自交趾，就是今天的越南（交叉的脚指头，就是红薯的形状），严禁外出中国，违者治以死罪。一个叫林怀兰的中医，遍游交州，因其医治一关将有效，就被推荐去医治国王之女。看好后，国王赏赐熟番薯，林怀兰就要求生番薯。林先生是有心计之士，咔嚓咔嚓咬了几口，就留下半截藏起来，急急告辞，这怀薯之人要归回老家。

过关时，关将盘问，林怀兰便从实告诉，要求其私自放行。关将说："我受的是君王俸禄，将你放行这是不忠，然而我感谢先生之德，违背了又是不义。”真是一团矛盾。自己解不开，干脆跳到水里死去就解开了。评书最后要的就是这效果。这关将倒像中国易水边那些燕赵慷慨悲歌之士。

林怀兰携薯回来后，遍种于粤，后人纪念他，还建立了薯公庙祭祀。让人感慨的是，他旁边配以那名关将。民众感恩。“人民的眼睛是雪亮的。”

我觉得这一则红薯来历写的不是“薯”，写的是“人”以及人道主义，倒是一出话剧的素材。

关于红薯这道题也许还有更多解，传到我这里，只记录以上三种答案。以“阴谋”的形式，造福国家。

红薯来到我的北中原，它不像山药和土豆，山药面庞沧桑，土豆表情丰富，一个个皱眉或舒展，喜悦或哀伤，相比之下，土豆显得丰富多彩，红薯则是另一种形象，外表心平气和，更显出一种乡村的淡定。

我看到徐光启在《农政全书》里将薯总结为“十三胜”：

> 一亩收数十石，一也。色白味甘，于诸土种中，特为夐绝，二也。益人与薯蓣（就是山药）同

功，三也。遍地传生，剪茎作种，今岁一茎，次年便可种数百亩，四也。枝叶附地，随节作根，风雨不能侵损，五也。可当米谷，凶岁不能灾，六也。可充笾实，七也。可以酿酒，八也。干久收藏，屑之旋作饼饵，胜用饧蜜，九也。生熟皆可食，十也。用地少而利多，易于灌溉，十一也。春夏下种，初冬收入，枝叶极盛，草秽不容，其间但须壅土，勿用耘锄，无妨农功，十二也。根在深土，食苗至尽，尚能复生，虫蝗无所奈何，十三也。

他说的可都是些好词。

红薯对我们北中原人而言，更是功德无比，那是生命里的地粮。当年困难时期，是一块块小小的红薯养活了北中原人。让我感恩红薯。

红薯做生活里的主粮，梗、秧、叶子都可食用。红薯一般生吃、煮吃、蒸吃，还晒成红薯干，下在锅里，或磨成红薯面，做饸饹面、窝头。姥姥还用红薯叶蒸菜馍，叫“揣”菜馍。

乡下人在形容人比喻人时有个俗语——“红薯屁还没放尽，就想装城里人”，是调侃那些忘本之士，可见红薯有“气贯长虹”的作用。现在城里人却偏偏

紅薯胖又紅大得無秤称
山上滾下一個來滿山都軋平
這是在一個畝產萬斤年代的一首詩
近似吹牛也
壬辰年馮傑記

要装“乡下人”。

天下之雅是不同的，若天下之俗，到骨子里则都是一样。

我家曾在黄河大堤下一个叫孟岗的小镇居住了近二十年，每到冬天，都要从黄河边的乡村送来上千斤的红薯当口粮。寒冬，有时我正在夜半睡觉，会被窗外冬夜里滴落下来的“晃啷晃啷”马铃铛声惊醒，那铃声敲打着寒霜，像黑暗里碎碎的亮光。还有马匹不时打出的喷嚏声。那是从乡村拉来一大马车红薯。

我起来拿手电筒一照，马鼻上一层白霜。

红薯一下子吃不完，父亲就在院里挖了个地窖，让它们在里面过冬。母亲晴天就开始切红薯片，挂了满满一院子。余下的红薯对换成粉条。

后来别人都说红薯如何好吃，我父亲就第一个反对，他当年吃红薯“吃伤”过，他说，看到红薯就烧心、反胃、冒酸水。现在我想起，那是艰辛生活给他留下的痕迹。

父亲曾得过胃溃疡病，这可能与当年以食红薯为主粮有关。父亲服了好多年药，记得有一种叫甲氰咪胍的药，止酸。

童年的一天，我到镇上“人民公社”去参观，看到展览室的桌子上站着一个庞然大物，竟是一块大红薯，牌子上标有“九十斤”。乡村农技师介绍经验说，刚开始时长几个秧，最后把几个秧拧到一起合成一棵，再拼命上粪。

下面牌子上有文字，说这是“革命的果实”。一年去弄这一个“成果”，包含着执着、钻研、略带有展示自我价值的心机。

据说所谓气质都是童年形成的，我除了没有书卷气、金石气、英雄气、名士气这类好气息之外，一生贯穿着红薯气，也许气到永远。

我第一次去西藏，因为高原反应，饮食不适，在拉萨街头正头昏脑涨，忽然，闻到一丝烤红薯香，顿时豁然开朗，就像一条细细的小绳子牵着我，便寻着那香气找去。拐了几个弯，终于见到一个烤红薯的铁皮炉子，立一个红薯脸膛般的汉子，急急称了两块。边吃边与那摊主聊，他是南阳人。

汉子说，河南的红薯是天下最好的。

说这话时背后就是布达拉宫，红白相间。他说话时一点也不胆怯。

吃了红薯,高原反应轻些,妙若仙丹。

对红薯,童年是充满珍惜的。有一次我在深圳一家宾馆吃早点，对面坐的一个外国女人让我大开眼界，她是如此食薯的：先用筷子将红薯上下左右分开,只吃中间的部分。这时露出我的井底之蛙面目,她这种方式我小时候可是不敢做的，我吃时把红薯皮剥厚扔掉,姥爷都是不允许的。

红薯贯穿到现代,已让人们熟视无睹,平常得不会都去心存感念了,红薯才一个个睁着红红的眼睛,那是在忧伤地注视着原本属于它的苍茫大地。四百年前，它曾是一方异族，融入另一片新颖丰厚的土地。四百年后,它竟成为主人,大地的主人。

附一:我母亲炸红薯糕的方法

先将红薯洗净,煮熟后与黏面揉在一起,盘成条状,压平,切成方块,再蘸上芝麻,放在油锅里,用文火炸,捞出来后晾凉即可食用,是童年时走亲戚的用品。

母亲又把这些红薯糕称作“三刀”。我问:为什么叫三刀?母亲说:就是用刀在糕上轻轻切三下。

附二:一首关于红薯的诗

红薯物语

拥有自己的气质　谦卑　质朴
它穿着红衣服
接近土地和雨　抵达“农业”这一词汇中心

感激热爱　或者遗弃抱怨
红薯用口语和方言在地下流动
那些大海的信息渗透纤细根梢
成为大地的毛细血管
用自己的手势触动
表达未知的另一个世界

每年秋霜涌来　尘埃落定
红薯一张张平静的面庞
是童年时自父亲的马车上所看到
映着干枯的寒霜　冻红或带着羞涩
红薯一颗颗无序地走下马车
挤满我家空旷的院子

有几颗红薯没有跟上来　在路上落伍掉队
像北中原乡村那些早早退学的孩子

解馋

吧嗒杏

杏仁是一味中药，能治咳嗽，但杏仁有毒。童年时我家养了一只小羊，羊龄两岁，那一年春节前，误饮了几口姥姥泡过杏仁的苦水，然后，踢蹬了几下，小羊就倒下了。

那只小羊生前还抵过我。有一次我刚进厕所，它就急急地也跟着冲进来，吓得我当时都来不及提裤子就跑了出去。

有一种杏仁无毒，我们叫它"吧嗒杏"，杏仁是甜的，不浸泡直接可以生吃。

我小时候生活在北中原的一个杏乡，叫留香寨。就凭这村名，你可以想象杏花开放时的程度，花的密度容不下最细的炊烟和鸡啼。村里人靠卖杏过生活，或用杏换麦子。我跟着大人们卖杏，至今还记得用楝树叶垫杏可保鲜的乡村秘诀。

童年在芒種間穿行
每年收過麥子以後
杏也熟了，家就開始
和姥姥要走親戚了
跟在姥姥後面扛着一
籃子八好的熟杏在親
戚家吃過一頓午飯後籃子
裡又被換來雞蛋或饅頭，這
就是那個年代的鄉情
丁亥 馮傑

我们村子里的人到外村卖杏时，常被别村的小孩子起哄吆喝，他们用即兴自创的民谣喊：

吧嗒杏，苦的仁儿。
卖杏的，是俺侄儿。

这歌词的中心思想是编排骂人的。专骂卖杏的。

我们村卖杏的人机智，马上随口吆喝出另一种版本的歌谣以示反驳：

吧嗒杏，苦不苦？
买杏的，叫我叔。

这样，一曲歌词就把辈分扯平了。一来一往，势均力敌，几近舆论上的战争宣传，让我想到部队文工团阵前喊话的重要性。

关于杏仁，我童年时还有一种说法，近似乡村秘籍：

把一颗杏仁小心耐心地揉软，然后，放到自己的耳朵眼儿里（男左女右），呵护着，一个星期之后，可以孵出来小鸡。

这曾是一个大一点的孩子告诉我的，当时，一副神秘兮兮的样子。

这方法我曾试过，最终也没孵出来小鸡，而且有一次杏仁掉进耳朵眼儿里，险些掏不出来。我问过姥姥，姥姥笑了：那是专骗你们这些小孩子的。

不过现在我还存有一丝幻想，要是当年再揉软一些，是不是还真能孵出来一只小鸡？

对世界，我是相信的。

正因为我一直心存如此幻想，长大后，我才能当一位诗人。

扁食儿

我们称饺子为“扁食儿”。梦里，姥姥还教给我歌谣：“小白鸡儿，卧门墩儿，吃面条儿，屙扁食儿。”“扁食儿”象征着乡村生活最高的理想，是乡下人一年到头，只有春节才能享受到的佳肴，已属“乡村的国宴”。

从字面讲，是不能当主食，也当不起的。北方人向来把饺子当作上品，连皇帝也不例外。中国第一部供领袖翻看的饮食专著是元代的《饮膳正要》，里面说的“角儿”就是饺子。如鱼游历史。

我姥爷在乡村，是个会讲“历史”的“乡村学者”，他说当年李自成打进北京城当了大顺皇帝，上下都幸福得不得了，开会研究之后，决定顿顿都包大肉饺子吃，用以表达幸福，庆祝胜利成果。那油呀能浸出手缝来。

这样，十三年“寿险”的天下十三天就吃完了。照

喫飯圖
在我們北中原鄉村吃飯是第一事也兩人見面多問吃了嗎可見吃是日子中頭等大事
東坡講一樁事說兩窮人相与言平生大志一云我平生不足惟睡与飯耳他日得志當吃飽飯便睡睡了又吃一云我則異於是當吃了再吃何暇復睡耶
蘇老說的就是我小時的理想
丙戌初仿白石之法記事也 馮傑

标准:饺子本来应该一年吃一次。

我们在油灯旁听得口生津液,不住咂嘴,忘了喝彩。我那时只想加入李自成的队伍，当个下等兵也行——吃饺子!

母亲常制的九种面食

但愿面包每天都能出现在桌子上。

——帕斯

饸 饹

母亲准备的原料有面粉半斤，水半碗。

制法：将面粉倒入盆里，用水和面，水温凭经验掌握，和面有个规律，母亲叫作“冬热，夏凉，春秋温”。揉光后稍饧，把饸饹床架在开滚的锅上，揪一块面团搓成椭圆形，为了不粘饸饹床孔，一头还要提前在水里蘸一下才可放入。手按饸饹床把，用力把面压进开水锅里。压净后，再用勺蘸凉水沿饸饹床底将面割断，待煮两滚后，捞出即成。

饸饹分热、凉两种。为了利口，我一般要将饸饹过两次水，有的甚至是“三跳井”。母亲这时就怕我拉肚子,会喊道:“得喝原汤。”

饸饹特点:筋滑,利口。

补注:母亲和面时用一方青花瓷盆,上面游动着几尾蓝鱼,拙朴的民间图案。在乡村,饸饹床大多是用柳木做的,姥爷说过柳木做炊具最好,取其木味清正,如饸饹床,如面案、菜墩。后来柳木不好找了,商场里就开始卖不锈钢做的饸饹床。几家邻居共用一架,在巷里互相借着使用。每到吃饭时刻,一架饸饹床便飞来飞去,在寻常百姓家走街串巷。

母亲去世后,我家就不再借饸饹床了,用起来心里老是沉甸甸的。

有一天,邻居喊道:“你家不压饸饹了?”那一刻时间仿佛停止,像一团旧日的面。

捞　面

小时候我有个最大的理想，就是有一天能坐在天安门城楼上,吃捞面,过凉水,外加上好的鸡蛋卤。

三岁看老，这种想法注定我是一位不现实的空想乡村主义者。即使“得志”,一生也干不成大事。能量不会超越两碗捞面。

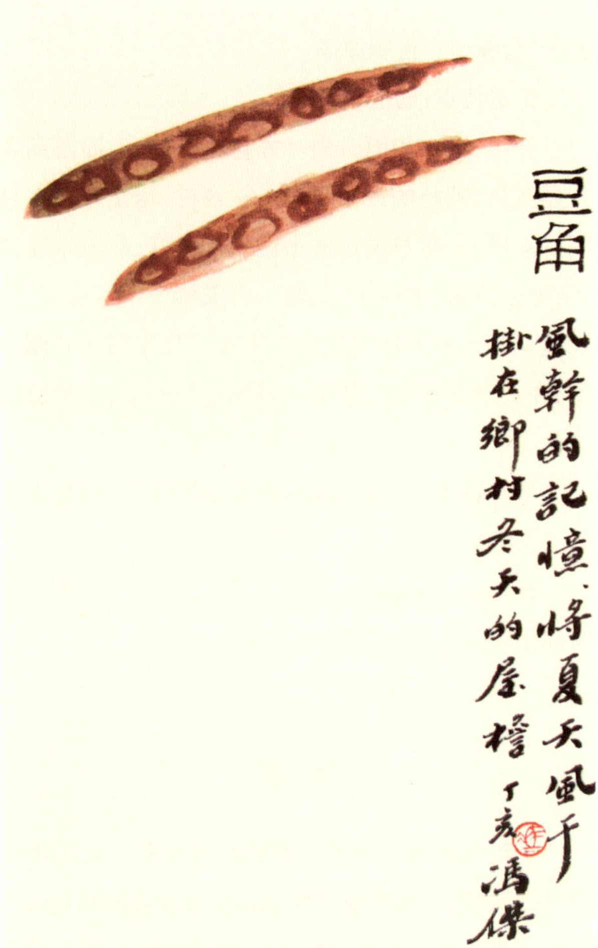
豆角
風乾的記憶、將夏天風干
掛在鄉村冬天的屋檐
丁亥
馮傑

长大了，捞面宣言还一直被别人当作笑话举例，因为当时更多孩子的理想都是表示长大要当科学家、作家、将军。况且都写在作文里为证。

后来我认为这一碗面条并不能证明我无远大理想，只能从另一面说明我母亲的手艺好，捞面做得好吃。

母亲常做的是手擀捞面，擀面杖在面案上来回折叠，擀面还需要心平气和，有对过日子的一份耐心和细致，焦躁的人是擀不了面条的，只能看《水浒》，吃“板刀面”。

吃过母亲的手擀面让我养成独到的鼎食经验，手擀面和机器面我一口就能分辨出来，御膳房里的厨师也骗不了我，就像鉴别一篇文章的好坏，我不知道好在哪里，但我能知道坏在哪里。

舌苔上，会蔓延上一种“手工的温暖”，这恐怕是他人吃不出来，过口也感觉不到的。

甜豆畦

乡村有菜畦、瓜畦，母亲将面片切成一片一片的小方块，她就叫豆畦，前面还要加上一个“甜”字，并不放糖，这是因为原汤的缘故。甜豆畦属乡村面食里的一种，统称面叶、面片，但不如叫“甜豆畦”喊着顺口，有质感。

将擀成的面片用刀切成菱形，白水下锅，煮两滚，盛出即可。

这种面食我母亲做得最好，平朴、简单，没有特色。母亲说过，甜豆畦最大的功能是“去火”。

过去我每次从外地出差回家，无论半晌或深夜，母亲总要和衣起来，做上一碗甜豆畦，悄悄放在桌上。甜豆畦的感觉让我想起“真水无香”那句话。它去火。心不焦躁。

谷翻儿

只有我们北中原那一带才有这种乡村面食，叫“谷翻儿”。

它有专门使用的谷翻儿炉，模型为铁制或陶制，像龟甲。做法是把发酵后的小米面、玉米面、高粱面和成糊，浇在这个模型里，摊均匀，然后盖上另一半，不一会儿就制熟,上下两部,味道有点酸。

母亲有一年回北中原滑县老家，回来在公路上看到一家翻谷翻儿炉的摊子，就下车买了两个谷翻儿带回。这种童年时吃的食物如今几近失传,母亲每每说起来还有点遗憾。

小时候,一个叫留香寨的乡村里,全村只有我三姥娘家有一套生铁谷翻儿炉,一村人借用。我每次还炉的时候，姥姥总要让我带一个刚出炉的谷翻儿送上,还烫手。

眼看快到门口，有时不得不边走边用嘴偷偷哧溜一下。

韭菜面

原料:面粉,韭菜,盐适量。

来源:实际是母亲在手工面条上的一种改装。母亲的厨艺像我姥姥一样,有传承,经常把那些平常的食物收拾出一种情趣来。照母亲的说法是穷凑合。

制法:将韭菜叶子洗净切碎,掺在面里和均匀,擀好面后,再切成不规则的形状,面片要求必须得筋道厚实,这样下锅才禁煮不烂,又不至于烧成糊涂面条而串味,演化成另一种边缘的食物。

文学艺术可以创新,烹饪口味必须定型。如是我悟。这是后来的事。

韭菜面的特点是白绿相间交融，如果我再去抒情一些,那就像一道乡村的“翡翠白玉面”。

抿 糕

我母亲蒸糕不叫蒸,叫“抿糕”。一字之变,手工的成分更多。原料用绿豆、豌豆、豇豆、红小豆、面粉。这些杂粮都是乡下亲戚秋后为母亲特意送来的。装在小布袋,坐自行车来。

和好豆面,切成烟盒大小的方块,一一码在屉布上的过程,就叫“抿”,是个动词。听起来就像瓦工做泥水活。蒸熟的豆糕呈红绿颜色,母亲用一方小铲,铲在馍筐里,晾凉。开始召集众食客们,一一送给姐姐和妹妹家的孩子,小孩子们一个个吃完后,手指还噙在嘴里。

这种抿糕晾凉时最好吃,我们一般等不到晾凉,

養芋記
每年初春母親便從集上買一些發芽的小芋頭，種在院裡，我們那裡還叫旱藕，到了晚秋，母親和我小兒子一起收芋，香香的，像未長大的刺猬。母親常說芋頭養人，我如今常以種芋，記以養芋記
丁亥初
馮傑

那种过程在诱人的香味里显得太漫长了，一颗豆子一如百年。

有一年在城市大街上，看到一个卖豌豆糕的小摊子,就忍不住买一块,边走边吃,闭上眼睛,回味豌豆味道。那一刻,我想念母亲。

花 糕

又叫“枣花”,春节时敬祖的供品,多在窗棂窗花之下制作。

一到年底,姥姥、母亲就领着我们开始蒸枣花。想起来,那就是一种独有的“乡村面艺”,民间的河流在乡村大地上到处涌动,让我看到局部和细节,看到枝叶和碎花。花糕的形状有刺猬、盘蛇、青蛙。动物肚里装的都是红枣。动物的眼睛是用黄豆、绿豆点上的,蛇眼用高粱,刺猬眼用绿豆。背上的刺是用剪刀剪出来的。面上走过咔嚓咔嚓之声。

外面下雪。白的雪花落在红的草窗花上，仿佛“噗”的一声就融化了。窗外这细节全然不涉及屋内的枣花。

就是闭上眼睛,至今还熟悉那一道道工序:先盘面,揉成团,再填枣,最后,用筷子一夹,花糕便成。

花糕可大可小,小的叫“枣花”,大的叫“枣山”。叫山就有些夸张。乡村春节,需要飘满吉词。

烙馍

习惯上我家把烙饼叫“烙馍”。

母亲会烙多种烙馍:葱花饼、鸡蛋饼、南瓜丝饼、发面饼、死面饼、欻饼。

在乡村,烙馍是一种“壮胆”的重量级食物,它内容厚实,吃下去坚持的时间长,那时远行的人都是毛巾里裹着烙馍而行。我姥姥说过:“梨三,瓜四,烙馍能撑十里地。”说的是吃饱后乡村食物抵抗饥饿的长度。可见烙馍是食物中最优秀的首选。一个人有两张烙馍垫底,外出啥都不怕。

但是,烙馍在乡村还是一种奢侈之物,北中原还有个说法:“想省喝汤,想费烙馍。”一般人家是不敢常年吃烙馍的,白面有限,除非你不想好好过日子了,才大胆发一声喊:“不过了,吃烙馍去!”

漏鱼儿

原料用高粱面、麦面。搅拌后在锅里烫熟，摊在一个竹篾漏网里，漏下的烫面疙瘩在我们那里叫“漏鱼儿”。只是一种夏天时乡村的消暑食品。冬天不食。

我看到辛弃疾领着一群宋代诗人也在《摸鱼儿》，词牌，前阕六句，后阕七句，共一百一十六字，我看过十余首。但那些文字中看不中吃，写得再好，也比不上母亲的漏鱼儿实在。

我在下面支起一个瓷盆，盛满凉水，一尾尾漏鱼儿就“噗哒噗哒”滴落，溅起水声。制这种面食一般不是母亲自己一人，得有个好助手。

最后用笊篱滗上来，盛到碗里，浇上醋、香油、芥末、蒜汁，桌子上一放，一盆的漏鱼儿几乎鲜得要跳出来，香气扑鼻，直辣得鼻子冒汗。

如今不经意间我的眼泪还会出来，我还知道不是辣出来的。

最后一种，绝面

后来。

“后来”有刃，这语言之刀，能割断许多东西。

后来，这些面食无论谁做得再好，我感觉都做不出来母亲的手温。再后来，我连怀念的机会都不想再现，这些乡村面食似乎一一已成“绝面”，永不存在。这竟是我心里最后的一种故乡小吃。名存实亡。

面托

照我的饮食标准而定，最好吃的油炸品该是姥姥炸的“面托”。

在北中原，油炸物划分得细致而分明：长形的叫“油条”，片形的叫“油饼”，不规则的叫“油馍”，还有一种圆如柿饼的，叫“面托”。我姥姥还开玩笑说，谁谁家当家的懒，乱炸的该叫“老鳖拽”了。果然有那一种食物。

可见我们北中原乡下人，即使贫穷时，骨子里还不失一丝精致。是对日子的一种向往。

我长大后到城里，还知道城里人有“早餐工程”一说，他们将长短不齐的油炸物通通称作——“油条”。这样，使称呼一下子就长短统一起来了，可谓快刀斩乱麻。有点一如当年秦始皇的“车同轨，书同文”的改革，也便“炸，同油条”啦。

司空圖詩品洗煉一章
戲製也
如鑛出金如鉛出銀超心鍊冶絕愛緇磷空潭瀉春古鏡照神體素儲潔乘月返真載瞻星氣載歌幽人流水今日明月前身
我覺得司空圖是在談炸魚的方法說油質說上盤又說魚的身世十分廣告也
丁亥初與詩與烹飪混為一談耳
馮傑誤讀出新也

我想面托应该叫“面坨”才对，更符合原意。但我还是把它称“面托”吧。沉淀到童年骨子里的记忆谁能改掉？

用面托能托起什么？圆若月晕，是小如手掌，还是软如草地的一片小小平台？在三十多年前，它如初萌圆荷，托起我的童年乡村之心，托起一种对“好”的憧憬。

面托是这样炸的：

灶底多用秫秸、豆秸点燃。我姥姥说过，燃那些白麻秆最好，火稳，均匀，不易炸焦。用两根筷子“茑”（niǎo，这是另外一个乡土词，如藤蔓缠绕之状）面，然后下锅，便听油锅里“刺”的一声喊叫，热油会礼貌地闪身让道，那团面便在锅底逐渐膨胀，最后黄里透红。然后捞在一把“笊篱”（一种乡村柳条编的生活用具）里晾着，慢慢滤油。

那时我知道，更多家的乡村孩子还吃不上这种佳肴呢。姥姥的这种面托能吃上一个，对我们一家而言，是人间的福分，我三十年的时光里，不知不觉，一直享受着这种福祉。如今已无此福。

我宿命地认为，世上的幸福是一截草绳，都是有长度的，论尺，论寸，到一定长度时要戛然而止，像炸面托时“刺啦”的一声油叫。

好面

好面，像荷花盛开，就是好的感觉啊。

馒头随着叫好馍。玉米、高粱这类黑面并没有随着去叫坏面，叫了杂面。杂面有点像杂牌军，没有编制，不聚气，蒸不成馒头，不成形，只能叫杂面饼。

每年一到腊月二十九，开始蒸好馍，主要由母亲和姥姥来做。灶台，蒸笼，风箱，干柴，金黄的火苗，一一笼罩着贫朴的日子。还有灶王爷的神码像在静静地注视着我们。简单，却有盼头。

每屉的蒸笼里，母亲最后都会在上面放一盏小酒盅，里面放一小块“龙黄”（就是硫黄），说这样熏出来的馒头会更白。馍白，招待客人时好看。然后插一炷香，画个记号。

香燃到了，开始起馍。

馒头大年三十前蒸好，初二上桌，可惜执政只横行摆谱了几天就要下台，一过初五，开始吃杂面。杂牌军又光复一统天下。

面对馒头，那种旧日称呼让我至今还难以改口，在大酒店也常常会不经意地露出旧日本相，看到馒头就喊道："吃好馍。"

恍然如梦。那是好馍，竟像一池盛开的白莲花。

“翻烧饼”

不是用小火炉支起来在做的那一种面食饼。若是那样的话，肯定是福相。而这个词，在乡村则是一个“巨大的隐喻”。

北中原人称那时的政策就像“翻烧饼”。左右正反，上下颠覆，让人把握不住。

对“翻烧饼”一词体会最深的，恐怕要数村里的乡村干部，谈起一日三变的政策来，一个个都有点谈虎色变。

我在一个叫孟岗的小村镇上小学，经常看到那些干部模样的人，今天在台上还是吆五喝六地批判别人，到第二天，就忽然变成了“批斗”的对象，在大街上游行，一个个戴着纸糊的高帽子，上面写着自己的名字，再用红笔打一个大大的叉。今天听起来，有点近似乡村魔幻与荒诞，像成人版的《山海经》。

小鷄腸肚圖
鷄說
海納百川有容乃大
壁立千仞無欲則剛

这就是“翻烧饼”。被解释成政治上“反复无常”之意，在乡村反复使用了几十年。

我原以为这是北中原首创的乡村口语，只流传使用在本土范围之内，后来，竟找到一个近似的出处，看《唐宋遗史》里的记载：

太宗北征，咸云：“取幽蓟如热鏊翻饼耳。”呼延赞曰：“书生之言，未足尽信，此饼难翻。”后果无功。

可见这也算俗语“翻烧饼”的文字来历。让我把它误读了。古人记大事时有时会忽发一丝散淡闲心，故意留一残笔待我来看。

但我更愿意把它当作在小火炉上做的一种乡村面饼，那样多好，乡村本色，单纯，麦香，它最拒绝“隐喻”。绿蚁新醅酒，红泥小火炉，晚来天欲雪，能饮一杯无？

能！得再加一个烧饼。

耿饼

耿饼，是风干的记忆。

我姥爷称呼柿饼为“耿饼”，那时我没来得及细问，只知道耿饼就是柿饼的别名，像人有乳名。

三十年后，看《儒林外史》，第一回里记载王冕自山东归来回家，有一段琐碎的文字，是好文字：“打开行李，取出一匹茧绸，一包耿饼，拿过去拜谢了秦老。”后面有注释，才知道为什么叫“耿饼”。

也知道我三十年前吃过，并且瞎吃了三十年。

山东菏泽与我们那里一河之隔，黄河为界，河东河西。菏泽耿庄出产柿饼，故叫“耿饼”。耿饼以耿庄为中心去划半径，因为近，自然是要销到我们北中原那里。菏泽古称曹州，当年那里有个黄巢，和在我们长垣县起事的王仙芝配合，折腾了一番。这耿饼更早叫曹州耿饼，据说，在明代就是贡品。皇帝曾坐在龙

事事如意
馮傑

椅上，一边上朝批阅奏章一边嚼柿饼。

耿饼的特征是小而厚，橙黄透明，霜厚无核，近似明人小品。

我们北中原的乡村集市上是这样卖柿饼的：

先用细长的柳条将柿饼一枚枚穿起来，一串串挂在车上，我们戏称为像是穿“驴粪蛋蛋”。那时，我跟在姥姥后面在乡村走亲戚，我们送去杏果，来时，亲戚就多回赠这样的柿饼，叫“压”。

至今，北中原偏僻的集市上还有这样的卖法。古风犹存，让我看得恍然如梦。

柿饼上的那一层白粉，叫“柿饼霜”，属自然而生，常被姥姥收集起来，用纸包好，储存到瓦罐里。每当我烂嘴或舌头溃疡时，就敷上一抹柿饼霜，很快就会痊愈。

在严冬乡村，吃柿饼时我先用舌尖舔舔，再慢慢收回，感觉柿饼霜就是耿饼出的一层细汗。

喝讫

结完账叫“讫”。这词古老得如同一枚“开元通宝”上面长了一层薄薄的绿苔或铜锈。

我父亲当过乡村营业所会计，我小时候就经常见柜台上那些发黄的账单，用一方小木章盖有“收讫”字样。一方方，如行走在纸上的小小的红舟子。

我们村里的人却把酒喝光叫“喝讫”。

由此可见，也绝对是上古雅语。在北中原，由于有所谓的“酒文化”垫底，我们乡下人在对待酒的问题上一个个自我感觉良好，以至村里才会涌现出那么多位出类拔萃的酒鬼与酒仙。惟酒为大，成事或败事。

那时，即使生活再困难，村里人秋后收两袋粮，也会先扛上一袋到酒坊，换酒。大有贺知章金龟换酒的大家风度。

每家来客人时，好酒得先敬客人，等客人先“喝讫”后，自己再“喝讫”。

如今，外地的客人来北中原做生意，多被我们使用这一招数灌翻，热情过度且留下不好的误解。有人便称中原人“欺客”，怎么都让别人喝而自己不喝？却不知，那是因为历史上的酒珍贵，而最珍贵的东西要先献给客人。我们一直保留着上古传下来的这一敬客礼仪遗风——先人后己。

我住的这个叫长垣的小城，还与“酒圣”杜康有直接联系，许慎在中国第一部字典《说文解字》里解释造酒用具“帚”字时有：“少康，杜康也，葬长垣。”

“酒圣”葬在这里，可见那些热烈灼人的酒魂，一丝丝滋润进大地，厚达丈二，让我们这里后来的饮酒人也都沾其灵气，能喝善饮。

二十多年的乡村饮史里，我记录了如下的乡村特写：

一、某乡一书记，醉后站着撒尿，完毕后，把腰带系到路边的小树上，一直拉扯到天亮。

二、某局一主任，醉后骑车，路遇一块大石，以为是酒坛，下车搬到后座带回家，再小心搬下，一边说：“千万别摔碎了，当心洒酒。”

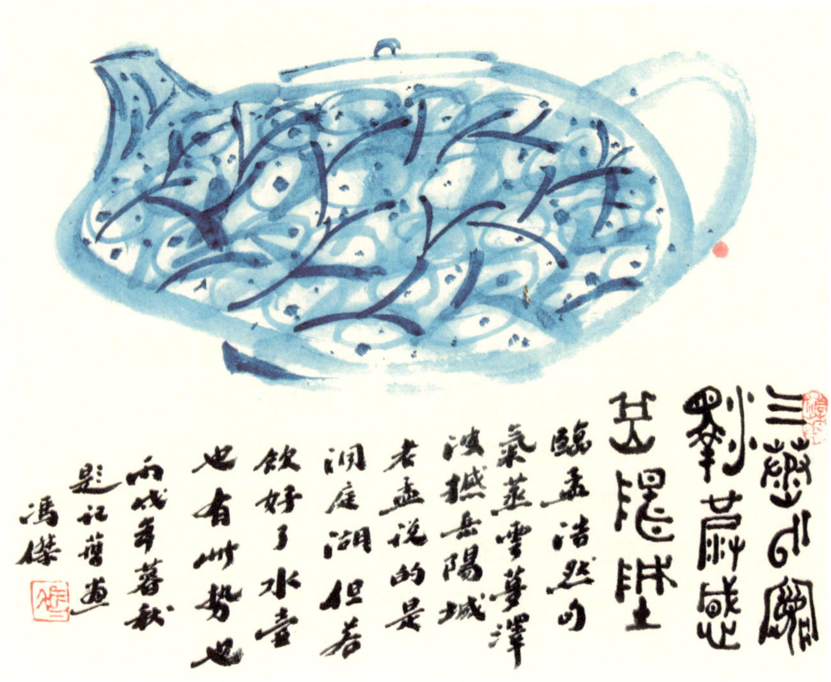

氣蒸雲夢澤
波撼岳陽城
老孟說的是
洞庭湖但若
飲好了水壺
也有此勢也
丙戌年暮秋
題記舊畫
馮傑

三、有一秘书，酒后回家，拐弯时漏算，一直骑到天亮，到达另外一个县城。

四、五……这都是我们北中原酒民的醉后逸事。如果不论心境，行为状几乎能入新版的《世说新语》。

更令人敬仰的，还是那种“为人民而讫”的人。

话说北中原有一村，上级干部来催收公款（那时有种种名目的收费），与村长在乡村宴席上比酒斗法。上级领导称：“你若能一气喝完两瓶白酒，其中某某几项收费就为全村豁免了。”其实，这纯粹是乡村官僚酒中的大话，说了不算。

“可当真？”村长眼睛红红，疑疑地问。

“骗你是龟孙。”领导拍拍胸膛。

一场酒下来，村长碗碗必“讫”。最后，躺在桌下，再也起不来了。

七天之后，村头凸起一座新坟。村民们爱戴村长，自发立一石碑，正面是“永垂不朽”，背面碑文里有以下文字：

诚信仗义　喝酒必讫

因公殉职　名垂青史

里面就有一个“讫”字，如一滴浓度为百分之百的酒精。一字千金。

这是我在乡村酒桌上听到的，是一个当了三十年乡村民办教师的人讲的。

他说，当时为想这一“讫”字，让他挺作难的。为此，我还多“讫”了一碗。为了表示“讫”得彻底，我还把脖子往后仰了仰，以示“喝讫”。

再问，他就对我笑笑，是一种农民式的狡猾和智慧。

脂油

脂油又叫“大油”。只有猪油等动物油在乡村才有资格叫脂油。豆油、花生油暂时没有这个脑满肠肥的模样。它们只能列入“小油”的范围(不过乡村无此一说)。

童年时,我跟父亲熬过脂油,主要是等着吃熬后的油渣。

熬脂油的方法是这样的:先将肥肉切成一个个小方锭,拇指肚大小,洗净下锅,开始熬油。铁锅敞开刺刺啦啦的一副油嗓子,仿佛脂油在喊疼。完毕后,滗到油罐子里。最后的油渣舍不得扔,就让我夹在馍里吃。

母亲则会将油渣剁菜,做馅,用来包菜馍。那是另一种味道。

冬天的脂油像现在的雪糕,这个比喻现在是不

拱白菜時
臉有點紅
我們鄉下俗
好白菜都讓
猪拱了辛卯
鴻傑記

通用的。现在谈起大油大肉，令人色变，当代的富人与成功人士都在躲着肥肉走。减肥已是一种时尚与流行。似乎一个女人能否征服世界，全靠腰围。肥肉与脂肪联成的同盟军，一时成了美的敌人。

时光倒流，我小时候却知道，在我生活的小镇上，能经常使用脂油是一种“身份优越”的象征。那时，脂油可不是人人都能享用的。“看看，某某家经常吃脂油”，是一种令人羡慕的口气。

有一次，在小镇上，一只平民的狗像鲁智深一样“口中淡出鸟来”，一天半夜跑到乡村干部家里大开荤戒，偷喝了一大罐脂油，连拉出来的狗屎都是脂油。第二天，被人寻着油迹撵到家，主人赔了一罐脂油才算了事。

过后，骂狗：“狗日的，脂油是你吃的吗？你也有资格吃吗？”

现在想起来，那时就有一种优越人士参加的“脂油党”。其中公社书记的夫人就是常吃脂油的人。她镶着一颗金牙，还会吸烟，经常见她迈着四方步子，叼着烟，提一根细麻绳，来到公社食品站那油乎乎的柜台上，一丢麻绳，然后，拍着桌子：

“给我称二斤脂油！”

插

不做插入、插进、插秧之类的动词用。在乡村口语里，“插(馇)”是乡村饮食中的一种烹饪过程或技法。

在北中原乡村，把几种不同的粮食或食品放在一起长时间地熬煮，才叫“插”。烧粥叫“插粥”，烧米饭叫“插米饭”，煮菜叫“插菜”。若不小心把饭烧煳了，则叫——“插过了”。

它有个特征：最后在锅里必须得有“咕嘟咕嘟”之状，才能称作“插”。若锅里是一片风平浪静的“细声慢气”，不能叫“插”，那叫“熬”。一种缓慢状态。

“插”，仿佛是一种乡土感怀在逐渐浓缩的过程。

在北中原寒冷的冬夜，在一座明亮的瓦屋里，燃一盏高高的草灯，光柱温润，铁锅里黄澄澄的米饭正在“插”着，飘出阵阵米香与蒸汽，模糊着窗棂玻璃上的一方方剪花，以及剪纸上悄悄走动的雪。剪纸与雪一时融化。

雪夜闭门读禁书。我在一卷乡下暗黄的禁书上，还忽然让那些精美的汉字“插”了一下。

《金瓶梅》里就有许多北中原方言，一百回里有“那老婆婆炕上柴灶登时做出一大锅稗稻插豆子干饭”。一个尖尖的汉字的触角，造就古典的“插”。

于是，炊烟与饭香便从古典的明代袅袅升起，飘过酒肆、官邸和西门大官人的中药房。缓缓飘过来了，暧昧而又温暖。

与北中原故乡的干草香同行，在我的乡村的案头，正在翻动着碎米一般煮熟的文字，让我也在“插”着一纸芳香的汉字。

烧鸡架子

我们居住的小村庄距离滑县道口镇三十公里，那里有一道名吃叫“道口烧鸡”，最有名的一家叫“义兴张”，至今用的还是清代的老汤。镇以鸡出名，许多人就是先知道道口的烧鸡，然后才知道道口镇的。

有一年，一位亲戚给姥姥家送来一只烧鸡，我看到上面裹一张红纸，用纸绳子捆着，牌子是“义兴张”。姥姥舍不得吃，用报纸包好，储藏在门后的一方小瓮缸里。

我每次路过，隐隐闻出香味，忍不住悄悄撕一点，两天后再撕一点。入口时舍不得一下子吃完，就含在嘴里，让鸡丝慢慢溶化。

有一天，客人来了，一家正为上菜的事犯愁，想起小瓮里还有一道烧鸡的菜备着，而且还是名菜呢。

姥爷拿出来一看，却只剩下一副孤零零的鸡架子。

鄉風裏的舞蹈
辛卯秋於鄭得包裝紙一張為之一試頗得粗意馮傑記

菜蟒

我们村里对一种大菜馍的称呼。蟒是大蛇,“菜蟒”自然就是大菜馍。我见过姥姥、母亲是这样做菜蟒的,称为“盘菜蟒”,盘是动词。

原料:

面粉半斤,鸡蛋三个,韭菜二两,粉条二两,盐,香油,酵母。

方法:

一、将酵母、面粉放盆里,加水和均匀,盖上一方抹布。姥姥说:“得饧一会儿。”

开始“饧”。等面发起来后,放案子上擀成薄片。

二、韭菜洗净切碎,粉条过水切碎,同放盆内,将鸡蛋在盆沿上一磕,破壳,蛋清蛋黄加入菜内,再加盐、油,搅拌均匀,平摊在面片上,摊匀后卷成长条卷

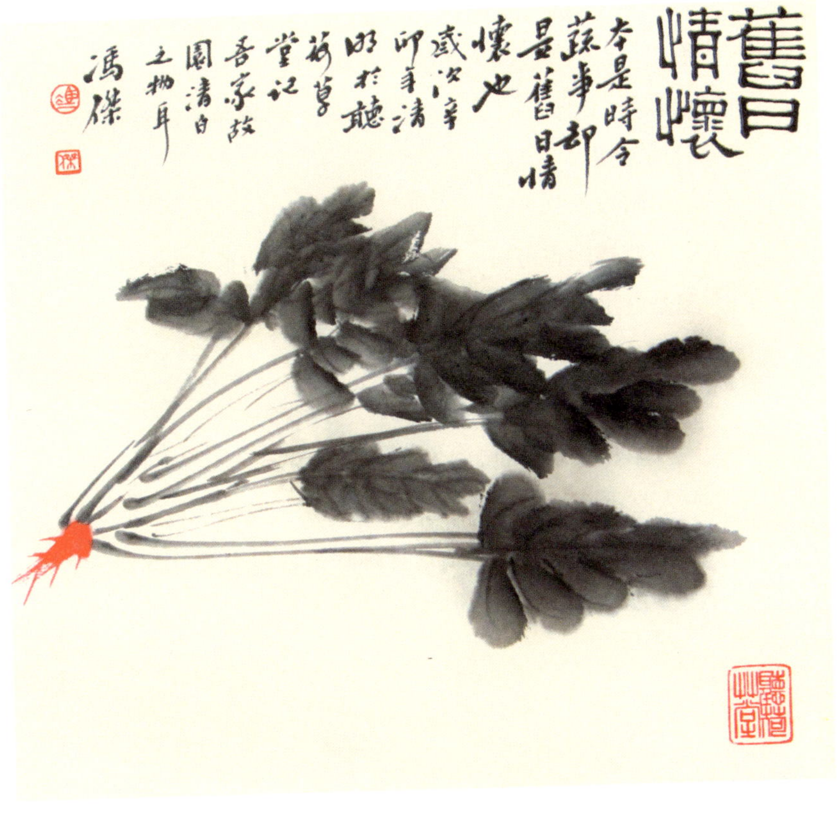
舊情懷
本是時令蔬事却是舊日情懷也
歲次辛卯年清明於聽荷草堂記吾家故園清白之物耳
馮傑

状，放入笼内。我们家的铁锅虽是大笼，也只能盘两条菜蟒。

三、待锅内水沸起，将笼放锅上，半小时后，蒸熟取出（我姥姥是点一炷细香计算时间的，有时点一枝白麻秆。四十年过去，白麻秆一如点燃的月光）。食用时用刀切。

特点：

菜蟒软香可口。如果蘸蒜汁，愈发好吃。我姥爷多是就生辣椒。

我问为啥叫“菜蟒”？

姥姥说：“你看，像大长虫一样盘着，气派。过去穷人吃不起，只有皇帝家才舍得吃这大菜蟒呢！”

穷了一辈子的人，这种称呼是否包含着一丝对食物的敬畏？

拈花

唐诗里的二十三棵松与四朵荷花

这是一种不负责的偷懒算法。其实只限我，只限《唐诗三百首》。

让诗人栽满了松。那唐诗里松多，能坐与松而语，谈禅论道。打开满耳松风，满眼松色，转过身作别时还有松影。我曾经无聊得集过贾岛、刘长卿、韦应物几个人的诗句，另成过一首《四松诗》，我称伪唐诗，写在仿古宣斗方上送友人：

松下问童子，
静听松风寒，
过雨看松色，
空山松子落。

最后，盖满大大小小、形状不一的印章，像满纸

聆聽巢之聲
丁亥年初夏馮傑寫於鄭

没有长熟的红红的小松塔。我曾在北中国小兴安岭吃过那种小松塔。

但是唐诗里荷花少，掐指一数，一本《唐诗三百首》里，我自己认为，仅仅开了四朵：

“相忆采芙蓉”，是杜荀鹤的，情花。孟浩然黄昏时慢腾腾地开轩闲卧，忽然看到的一朵。王维“莲动下渔舟”时的一朵，这是一朵坐着听桨声的少年荷花。

还不够四朵，最后借李白的一朵，李白叫青莲居士，本身就是一朵荷花。无论人或诗，李白都有浓厚的“荷花情结”。

与李白在一起饮酒的那一朵“对影成三人”的花叫什么？没注释。我认为那一定是一朵荷花。荷花的脸都喝红了。在唐代的月光里，只有荷花会饮酒。

小桃夺目红

就是说凤仙花。还有一个小名，我们称它为“小桃红”，像个乡下女孩名。这是“女人花”。姥姥、母亲，故乡的女人，她们在生命里都栽种过。植在瓷盆中、旧碗里，或乡村闲置不用的木马槽、石猪槽。花的位置多固定在墙头、影壁墙或糊满绵纸剪花的窗下。

我们那里生长的凤仙花，出场的颜色有雪白、粉红、紫红、深红、桃红。母亲说过，还有一种淡蓝的。我终没见过。

在北中原，乡村凤仙花除了悦目，还有赏心。最大的用处属于“乡村的化妆工具”，可以包红指甲。在那个贫朴的乡村年代，在一个个乡村少女的梦中。

我姥姥是这样教姐姐包指甲的：

采摘盛期最鲜艳的花朵，放在酒盅里捣成浓浆。

相語
紙上的童話之一
己丑年
馮傑

最好加上一撮白矾，这样可以不褪色。揉一团放在需染的指甲盖上，待稳定后，再掐几叶菜架上现成的鲜梅豆叶子，裹好，缠上细线。一时，十个手指或十个脚趾都蒙着绿叶子。

最佳的染甲时间应该是黄昏后，那时大家不再走动。睡前需将手指或脚趾露在单子外，免得碰掉。一夜之后，指甲在黎明前就红了。指甲是学着曙光的样子来的。

它的果实是小布袋般的形状，一袋一袋，悬在风中摇晃，只有偶尔从下面路过的天牛、瓢虫之类的昆虫，能听到里面装满的是什么声音。

果实开始由绿变黄。忽然，有一天不打招呼，瞬间炸开。果瓣弹裂卷曲，种子弹出，悄没声地散落一地。这守不住的举动让它在乡村又落下另一个小名——“急性子”。耐不住性子呀，仿佛急急等着出嫁似的跳出闺房。这种结果让我得去数籽而拾。褐色的。一、二、三、四。一颗颗光泽新鲜，像那时夏天，上小学时带的一包一包防中暑的“人丹”。

这时的时间大概是九月。秋风乍起。

我母亲在生前还给我说过一个偏方：用透骨草（也就是凤仙花）的全棵搓揉熏洗，可治关节风湿痛。

那年夏天她还有这病。我就着意，留下了许多棵凤仙花的全草。

母亲生前，每年在院里都要播种许多时令花草，其中一种就是小桃红。如今，天上人间，恍如隔世。

那个年代，北中原故乡有多少女人是同这种小小的红花一起生长的？我不知道。

她们花开，花落，梦想，梦落，由少女长成母亲。最后，一棵棵也成了小桃红的魂，红红的遗落大地，在我的北中原。

“女人花，摇曳在红尘中。女人花，随风轻轻摆动……”多少年后，在一个城市的暮晚，我坐在风中，听到梅艳芳是这样唱的。我听着，觉得有一点像是说我北中原故乡的凤仙花们。她们的小名都叫桃红。

纸说，看到红

我家有三棵杏树，都是当年姥爷领着我母亲栽植的，培土，浇水。其中一棵叫“看到红”。

这种称呼是以杏色来命名的，说的是杏熟时肤色的鲜艳，它就穿着那种颜色的衣服。在外村卖杏时，因色泽好，这种杏总是最先售完。即使被挤烂，色泽也不改，分明有一种“果木气节”。多年来我一直想画出这种颜色，用于在纸上抒情，十二种颜色里都没能调得，杏黄色概括不了它。真不如直接拓一颗大杏上去，那样颜色最准。

纸说，看到红。

它语气简单，到位，抢眼，深入，最先看到，就叫“看到红”。语言没有绕弯子，属于一种“直接的写作”。当今作家恰恰缺少这神韵，才一个劲儿地给文字注水。

透析颜色属于一种上好的眼力和敏锐的感觉，二五眼不行，必须不亚于狙击手百步穿杨或打兔子。

早六点到七点的曙色，晚六点到七点诵经时的佛教黄色，两者相加，就是我说的“看到红”色。我们村里的鸟总是挑选鲜艳的果实下嘴的，有点像男人观色。所以高处最鲜的熟杏最易被聪明的鸟早早关注。等我能攀到时，枝头只剩下精练的杏核。颜筋柳骨，杏核就是骨头（“核”我们读音“胡”）。

杏熟时节大人们都到田里割麦，我的任务是去田野“看杏”，这种职务一般都是孩子和老人这类“老弱妇孺”去做。就是在杏树下面用竹筢搂上一层土印，如果有人去摘杏，自然要留下脚印。假如有人真去采摘也没办法，顶多是不饶人的“小树主”骂两句完事。多年后想想，这只是一种乡村道德上的自觉，放到现在肯定不管用。法规比竹筢厉害得多。

我们小孩子偷杏自有经验，偷完杏后会倒退着走，把身后留下的脚印用小手左右抹平。大地平静如初，瓢虫也守口如瓶。

最吃惊的是，有时第二天早晨，杏树下赫然留下昨夜獾狗光顾的蹄印。乡村有一种叫“人脚獾”的小动物，嗜杏，蹄子像小孩子的脚印，真正的“小蹄子”。

套用凤姐当年骂人的话。

梦见杏是好事。

姥爷说过一种民间经验,“桃养人,杏害人,李子树下埋死人”,果实品德的排行榜。果类里面桃性最好,排第一。上学读的课文上常说“蒋介石下峨眉山摘桃,窃取了胜利果实”,就没有说他“下峨眉山摘杏”,可见杏口感次之。杏味酸,有大热,大人从来不让多吃。童年时我吃杏最多,每天四五十个,结果上火,鼻子经常流血。

吃酸杏能使“牙倒”。一个人如果童年吃杏过多,就易腐蚀牙齿,诱发龋齿,我们叫“虫吃牙”。四十五岁那年我一口气让名医拔掉三颗坏牙,找不到病源,想想,可能就源于童年留下的一个微妙的伏笔。童年的隐伤大多要在中年复发,到老年愈显严重。人生意识之中,永远有一种“舍近求远”情结,譬如记忆,愈是童年愈是清晰,老糊涂。牙医说我胡扯,当下的三颗坏牙与四十年前远方的好杏断然无关。

古人爱用杏入文化,今人也拙劣模仿。有一年路过白道口乡一个村子, 我看到墙上竟赫然刷一条标语,上写“感受杏文化,了解性知识”。我是一头雾水,

两颗另类的红果、红果也像那些爱逃
学的孩子，总是迟迟不肯回归
丙戌末冯杰

从写作难度上讲，这跨度显得有点太大，下车一问，竟是村里村委会利用杏乡的优势在普及生育知识。

造势，这就有点今不如古。“杏花天”是先人必作的诗文，铺排一种空间艺术。宋人叶绍翁“一枝红杏出墙来”是千古名句，让以后优秀又不甘寂寞的女人同声挞伐，但他是抄袭唐人吴融的“一枝红杏出墙头”，属文人大忌，古人已无法打架了。“嫁杏无期”是论大龄女子的。“杏花村”是说酒。我姥爷还说，三国里的道医董奉游走民间，医好患者后，不接受红包，只让人在村中植杏，小病一棵，大病数棵，蔚然成林。“杏林”就成了一种职业象征。我们村里的中医家，后山墙上挂一面锦旗，上绣“杏林春暖”四字，就是说医道妙手回春的。

在乡村四季花榜上，杏花最是平淡，是一种不争强好胜的颜色。不管他议，只管自开。每到初春，杏花的密度能把整个村庄淹埋，连尖锐的鸡鸣之声也只能从花缝里仄仄地冒出来。宋朝人说，端的是好看。

曹雪芹写道“杏帘在望”，不知是全掀开还是半掀？

在《圣经》希伯来语里，杏还有“警醒、守望”之意，就是说吃杏还会让人觉悟而不犯错误。可杏却知道,我们童年犯的错误比乡村的草垛都高。

世界上杏树种类有三千种,我家有一种。杏树在中国有四千年历史,杏树在我家有六十年历史。“看到红”树还在,栽树的姥爷和母亲都不在了。四十年后,我读到德国诗人策兰的一首诗《数数杏仁》:“数数杏仁/数数苦的让你醒着的/把我也数进去。”

我数的却是苦的那些。

烟盒上的草语

我刚搬到匡城，在郊边住，瓦屋背后就是田野，十步之内。在我周围生长的北中原花草们，一个个都有格调，平时散步我就能见到一面，一睹芳容，那是我有幸。草木记爱，不记仇，它们是在心里，好在是素心。以我自己的感觉，它们每一种都能代表一种文学语言，在《二十四诗品》里，那是花草风格。

那一天，我一个人在乡村路上走着，忽然便有密集的印象涌来，像尘烟，急忙不得。我就在草地里捡到一个沾泥的烟盒，被人扔掉不久，上面还留着烟草香。蹲下，匆匆写下这些泥浆一般散碎的文字，纪念那一次短暂的草木之行。

看暮晚天色，那时刻，晚雨欲来。

文字如下：

大地的故事
向日葵說

蒲公英——再次重逢前的离别。

芝麻花——卑微，奉献。

油菜花——户牖春幡。

牵牛花——乡村的小家碧玉。

菟丝子——（一）追忆似水年华。（二）只是当时已惘然。

车前子——驿站。马上相逢无纸笔，凭君传语报平安。

藜——过自家的平常日子吧。

女菀——一位任性小美人。

月季花——夏天，就开始咳嗽。

龙葵——青出于蓝。而最后，却发黑。

空心莲子草——水边的一位空想社会主义者。实现不了，可以照影子。一生在折叠影子。

画眉草——美容自恋。

蟋蟀草——玩物丧志的典范。

芦花——云头上的日子。

飞蓬——风中吻别。俗。

苜蓿——天马的叹息。

青苔——露珠里的穿单衣的隐士。

无赖的莲蓬

莲的家史显得档案烦琐，已接近现在的人事档案。

根叫藕，茎叶叫荷，花未发叫菡萏，盛开以后叫芙蕖，果实叫莲，莲蓬壳叫莲房，莲子叫菂，菂中的一点青心叫薏……古人总有闲心，能耐心地把语言一层层地剥下去，直到让我看到语言的核。

莲蓬更是一种道具。我少年时读宋词，读到辛弃疾“最喜小儿无赖，溪头卧剥莲蓬”的句子，方才知道古代的小无赖们都是手持一枝莲蓬出场的，让人向往。

可是我又知道电影里，无赖一般都要戴墨镜、穿长衫、叼烟卷，要么额头再贴一贴膏药。持莲蓬干啥，雅痞？

后来我姥爷说：此无赖非彼无赖，这是说的儿童

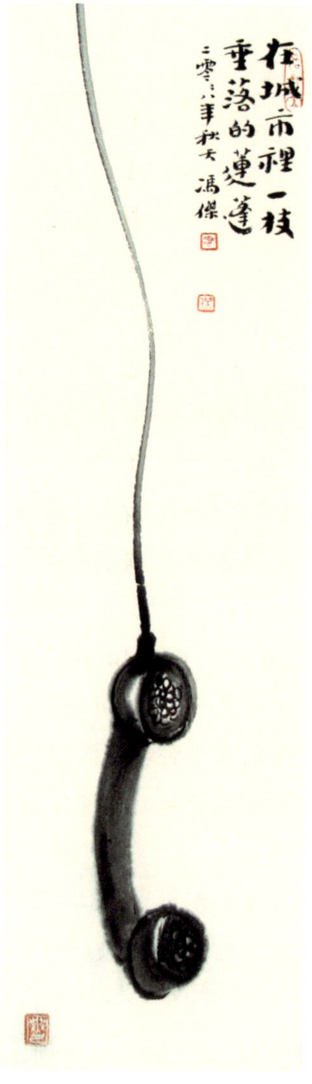
在城市裡一枝
垂落的蓮蓬
馮傑

天真貌。

怪不得。剥莲蓬需要一种雅兴闲心，急躁不得，否则不如直接去大口喝莲子汤。

莲蓬在我们乡下是闲时吃的，当不得主食，它只与妇女儿童有关。后来有一天，一个聪明人动脑筋，将一束束莲蓬带到城里去了，以为废物还可以卖上好价钱。果然，城里人除了吃，还插到花瓶里，用于局部抒情。

刚开始，莲蓬与雅痞有关。

莲蓬是一方夏天之巢，在乡村，它储藏着露水、风声、雨珠、方言、童年，储藏着一个一个原色的故事，就看你是如何剥开。

花逝

我们那里把金银花叫二花，因为它开花时，一个枝头同时能有白、黄两种。

闹“非典”那年夏天，我住的小城是一城的萧条，饭店商店都一一关门。我一个人骑车走在空荡荡一条大街上，到处都是拦网、标语、铁丝，警告外人不让入内。

我哀想：莫非人间末日真的来到？

此时药店里二花的价钱狂涨。据说做茶饮，二花水最可防“非典”。二花还能辟邪。二花水以柔弱之躯对抗疯狂的病毒，花香在空气里也能杀菌。

我就骑车到县城南关花园，花一百元买了一棵生长多年的金银花树，让花匠开车运回小院。以后，母亲便有事做了，坐在院子里，理叶、掐花、修枝，装满一院子的浓馥花香，引得小巷四邻都来串门，带着孩子,说是来观赏花香。

它有个学名,忍冬。母亲去世那一年,那一棵金银花树竟也悄然枯死了。

若是曉珠明又定
一生長對水晶盤
馮傑記

旧知、旧指和旧纸（跋）

三年前，台湾印刻出版社出版了繁体版《泥花散帖》，后来陆续得到大陆小众读者发问，说找到天边了，也没见过我的散文书。

我说，是你不会水的缘故。

我一直认为，天下看我书的观者不会超过二十位，其中十位沾亲带故。这尴尬的结果并不影响我写散文的兴趣和底气。

我为纸声而写。

本书都是一些陈谷子烂芝麻的旧作，面目不改，只是化“繁”为“简”，篇章保持原貌的幼稚。都是烟云，是叹息，是唏嘘，是散帖。

冯杰

二〇一四年五月九日　客郑